象棋的故事

[奥] 斯蒂芬·茨威格 —— 著

沈锡良 —— 译

果麦文化 出品

一个人若是在九步棋之前就能算出一盘棋的结局,想必是个第一流的高手……

我在考虑，或许我可以在我的牢房里设计出一个类似棋盘的东西，然后试着按照棋谱把这些棋局重下一遍。

我把棋盘和棋子投射到心里,单单凭着这些公式,也能纵览棋子各自的位置,犹如一位训练有素的音乐家,只需看一眼总谱,就足以使他听见各种器乐的声音及其和声。

这种可怕的处境迫使我至少尝试将自己分裂成黑方的我和白方的我,免得被我周围恐怖的虚无压倒。

黑方的我和白方的我，两个我当中的任何一个我，都必须互相竞争，每一个我都志得意满，焦急难耐，想要马到成功，想要旗开得胜。

我的整个身心都被逼到这个方格子里去了。

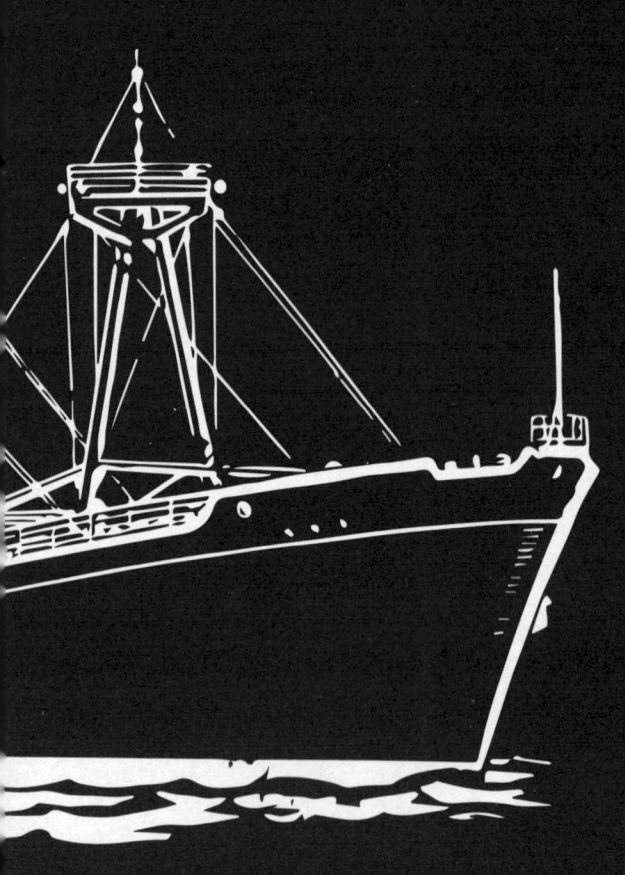

一艘大型客轮将于午夜时分从纽约开往布宜诺斯艾利斯，船上正呈现着出航前最后一刻惯常的忙碌景象。岸上来给朋友送行的人挤作一团；递送电报的投递小哥歪戴便帽，穿过一个个休息室，高声叫嚷着旅客的姓名；有人拖着行李，有人手捧鲜花；孩子们好奇地沿着楼梯奔上奔下，管弦乐团坚持不懈地在甲板上演奏着。我稍稍从这喧嚷的人群中走出来，和一个朋友站在供散步用的甲板上闲聊。此时，在我们身旁，镁光灯炫目地闪了两三下，看来是有什么名人，在起航之前还匆匆接受记者的采访和拍照吧。朋友朝那边望过去，微笑道：

"您这艘船上有个罕见的怪人,那个岑托维奇。"听闻此信息,我的脸上显然露出一副相当不明就里的表情,于是他补充解释道:"米尔柯·岑托维奇,国际象棋世界冠军。他刚在巡回比赛中从东到西征服了全美,现在要乘船前往阿根廷争取新的胜利。"

到了这时候,我才想起这位年轻的世界冠军,甚至想起了他一举成名天下知的一些具体细节。我这位朋友看报纸比我更细心,又一次补充了关于此人的诸多趣闻轶事。大约一年前,岑托维奇赫然跻身于阿廖辛、卡帕布兰卡、塔塔科维尔、拉斯克、波哥留勃夫[1]等享有盛誉的棋坛名家之列。自从七岁神童雷舍夫斯基[2]参加一九二二年纽约循环赛崭露

---

[1] 阿廖辛(1892—1946),俄国国际象棋名手,1927年至1935年和1937年至1946年的世界冠军。卡帕布兰卡(1888—1942),古巴国际象棋名手,1921年至1927年的世界冠军。塔塔科维尔(1887—1956),波兰与法国的国际象棋特级大师,也是杰出的国际象棋记者和作家。拉斯克(1868—1941),德国国际象棋名手,1894年至1921年的世界冠军,著有关于国际象棋、数学和哲学的理论作品。波哥留勃夫(1889—1952),俄国国际象棋名手,后移民德国。
[2] 雷舍夫斯基,生卒不详,美国国际象棋名手,多次获得美国个人冠军。

头角以来，还从来没有哪个无名小卒闯入威名远扬的名流之列并引起过如此广泛的轰动。因为岑托维奇的智力似乎根本没有预示他从一开始就有这么如日中天的锦绣前程。没过多久，秘密不胫而走：这位世界冠军，不管用哪一种语言，他本人连一句没有拼写错误的话都写不出来，而且，正如他一位恼火的同行愤怒地讥讽的那样，"他在任何领域都同样无知透顶"。

他的父亲是多瑙河上一名一贫如洗的南斯拉夫族的船夫，有一天夜里，他那艘小驳船被一艘运粮货船撞翻了。父亲去世后，那个偏僻村子的神父出于怜悯之心，收留了其时十二岁的孤儿。这位善良的神父费了九牛二虎之力在家里给这个懒得说话、智力迟钝、前额宽广的孩子开小灶补课，希望他能学会在乡村学校里没能学会的知识。

但是神父的任何努力都只是徒劳。米尔柯目瞪口呆地盯着那些字母，尽管神父已经给他解释过千百遍，他却始终迟钝不觉；即便是最简单的教学内容，他那思维迟钝的大脑也总是记不住。十四岁的时候，他还扳着手指头帮忙做算术题。都已经是个半大不小的少年，可是读本书或是看张报都还特别吃力。但你绝不能说米尔柯不耐烦或者不听话。只要让他干啥，他就二话不说地干啥：打水，劈柴，下田干活，收拾厨房。即便拖拖拉拉得令人生气，但每次交办的任务，他都能令人信赖地完成。不过最让这个善良的神父对这个脾气古怪的少年感到恼火的，则是他对世上的一切都无动于衷。只要没人提出特别的要求，他就什么事都不干，从不提出问题，也不和其他男孩一起玩耍。只要不给他明确的指令，他是从来不会自己找活干的，而一旦做完家务，米尔柯就呆呆地闲坐在房间里，眼神茫然，犹如草地上的绵羊一样，对周边发生的任何事情没有一丁点儿的兴趣。每到夜晚来临，神父舒舒服服地抽着他的农民烟斗，按照惯例和宪兵警官下上三盘国际象棋，这个金黄色头发的小伙子老是默不作声地蹲在旁边，眼皮沉重地盯着那个方格棋盘看，看似昏昏欲睡、漠然处之。

一个冬天的夜晚，两个棋友正沉浸在他们每日的棋局里，这时从村中道路上传来雪橇的铃铛声，声音急促，而且愈来愈急促。一个农夫步履匆匆地闯了进来，帽子上沾满雪花，说他的老母亲快要死了，请求神父尽快过去，及时给她施行临终涂油礼。神父毫不犹豫地跟他走了。这位宪兵警官还没喝完杯中的啤酒，临走之前又点燃了一管烟斗，正准备穿上高统毛皮靴，这时才注意到米尔柯的目光一刻不停地盯着棋盘上那副未下完的残局。

"怎么，你想把这盘棋下完吗？"警官开玩笑道。他深信这个昏昏欲睡的孩子连在棋盘上如何正确移动一枚棋子都不会懂得。孩子羞怯地抬头望了一眼，然后点了点头，随即坐到神父的位子上。走了十四步棋，警官输了，不得不承认他的败局绝不是一时疏忽走错了一步棋而已。第二盘的结果也同样如此。

"巴兰的驴子说话了![1]"神父回来后惊讶地叫了起来。他向不太熟悉《圣经》的警官解释道,早在两千年前就发生过类似的奇迹:一个不会说话的动物突然说出智慧的话来。尽管已近午夜时分,神父仍然克制不住内心的欲望,要求和他这个半文盲的学生下一盘棋。米尔柯同样轻而易举地赢了他。米尔柯下棋顽强、缓慢、不可动摇,垂下的宽阔额头不曾从棋盘上抬起来。但他下棋稳扎稳打,无懈可击。之后的几天里,无论是神父还是警官都没能赢过他一盘。神父比任何人都更了解他这个弟子在其他方面的智力是何等低下。现在他真的感到好奇

---

[1] 出自《旧约全书·民数记》第22章。智者巴兰骑驴赶路,途中遇到耶和华的使者持刀等在路上。驴子为了避开持刀的使者,三次离开大路。巴兰发怒用杖打驴。耶和华叫驴开口,对巴兰说:"我向你行了什么,你竟打我这三次呢?"后来,耶和华使巴兰的眼目明亮,他才看见耶和华的使者站在路上,手里有拔出来的刀,巴兰便低头俯伏在地。

起来，这种单方面的特殊天赋是否经受得起更加严峻的考验。他先带米尔柯去乡村理发师那里修剪一下他那蓬乱的浅黄色头发，把他打扮得稍稍像点人样，然后驾着雪橇把他带到邻近的小城。因为神父知道城里主广场有家咖啡馆，那里有一个狂热的棋手聚集的角落，根据他的经验，他确信自己也赢不了这些人。当神父把这个十五岁少年推进咖啡馆时，那里的常客们大为惊讶。这位少年一头黄发，面色红润，穿着毛皮向里翻的羊皮大衣，脚蹬一双厚重的高统皮靴。少年进了咖啡馆，只是害羞地垂下双眼，令人诧异地站在一个角落里，直至有人叫他到一张棋桌跟前去。第一盘棋米尔柯输了，因为他和善良的神父对弈时，从没见识过所谓的"西西里开局法"。到了第二盘棋，他就已经和城里最好的棋手下成和局。从第三盘、第四盘棋开始，米尔柯就一个接一个地战胜了所有的棋手。

在南斯拉夫的一座外省小城，令人兴奋的事件鲜有发生。于是，对聚集在此的所有乡绅而言，这位乡村冠军的初次登场立刻成了轰动一时的新闻。大家一致决定，神童非得在城里待到明天不可，以便让大家召集象棋俱乐部的其他成员，尤其要到城堡里告知老伯爵希姆奇茨，此人对下棋有份狂热。神父脸上带着全新的自豪感注视着自己的养子，虽然满心欢喜地发现了他的天赋，但他还是不想耽误自己主持礼拜日弥撒的责任，表示乐意让米尔柯留下来接受进一步的考验。咖啡馆里这些棋手出资把年轻的岑托维奇安置在旅馆里，那天晚上，他生平头一次看见了抽水马桶。翌日，星期天下午，棋室里挤满了人。米尔柯一动不动地坐在棋盘边四个小时，一声不吭，也没有抬起目光，就这样击败了一个又一个对手。最后，大家建议让他同时和多人对弈。人们费了不少工夫才使这个缺乏教育的少年明白，所谓同时和多人对弈无非就是他独自一人同时和几个对手下棋。可是，一俟明白了这种规矩，他就立即听从了这一安排，踩着他那双嘎吱作响的厚皮靴，缓慢地从一张桌子走向另一张桌子，最后在八盘棋中赢了七盘。

之后，众人七嘴八舌地议论开了。虽然从严格意义上而言，这位新科冠军并非本地居民，可是家乡的民族自豪感已经被清楚地激发出来。也许这座在地图上几乎无人知晓的小城，将会破天荒地有此荣幸，成为名人的故乡。一个名叫科勒尔的经纪人，平时只给军营的歌厅介绍歌女和女歌唱家。他表示只要有人愿意提供一年的费用，他就准备送这个少年到维也纳去，到他认识的一个象棋名家那里接受棋艺方面的专业训练。希姆奇茨伯爵六十年来每日下棋，还未曾遇到过如此奇特的对手，当即认捐了这笔金额。船夫之子值得惊叹的锦绣前程就从这一天开启了。

半年之后，米尔柯就掌握了国际象棋棋艺的全部奥秘，不过他有个不寻常的缺陷，这一点后来在棋坛上广受关注，也备受嘲讽。因为他从来不会熟记哪怕一盘棋，用专业术语来说，他不会下盲棋。他完全缺乏把棋局放进想象的无限空间里的能力。他的眼前必须明明确确地摆上一张黑白相间的六十四格棋盘和三十二个棋子。即便在获得世界性荣誉之后，他还是会随身携带一副可以折叠的袖珍棋盘，这样的话，一旦他想复制一盘大师棋局，或者解决自己的一个问题，就能从实物上看到棋子的具体位置。虽然这点缺陷本身微不足道，但暴露了他缺乏想象力的弱点，在小圈子里同样引发了热烈的讨论，正如在音乐家之中有一个杰出的演奏家或者指挥家，乐谱没有被铺开他们就无法演奏或者指挥一样。不过米尔柯这一可疑的瑕疵丝毫没有影响他取得惊人的成绩。十六岁时他就已获得十几个棋赛名次，十八岁时赢得匈牙利全国冠军，二十岁时终于夺得世界冠军。这些最为大胆的冠军棋手，他们每个人在智力、想象力和勇敢上都远胜于他，却都败在他那坚忍而清醒的逻辑上,正如拿破仑败给了笨拙迟钝的库图佐夫,汉尼拔败给了"拖延者"费边一样,根据李维的记载,费边在童年时代也同样表现出这种反应迟钝和低能愚笨的特点。[1]卓越的象棋大师队伍里原本汇聚了各种各样智力超群的人物,他们之中有哲学家、数学家,都是些擅长计算、富于想象力、往往具有创造性的人,可现在,在他们的行列中第一次闯进来一个与精神世界完全格格不入的局外人——一个性格迟钝、寡言少语的农村青年,即便是最机灵的记者也未曾从他嘴里套出一句具有新闻价值的话来。不过,虽然岑托维奇并没有向报纸提供字斟句酌的名人名言,但有关他个人的铺天盖地的逸闻趣事很快弥补了这一缺憾:

---

[1] 库图佐夫(1745—1813),俄国著名统帅。1812年,俄军在库图佐夫指挥下击溃入侵的拿破仑军队。汉尼拔(前247—前183),第二次布匿战争时的迦太基名将,曾经屡次击败罗马军队。费边(约前280—前203),罗马统帅,数次任执政官。在第二次布匿战争时与汉尼拔作战,他采取拖延战术和敌人周旋,以消灭敌方有生力量,因而获得"孔克塔托尔"(Cunctator,拖延者)的绰号。李维(前59—17),古罗马历史学家,著有《罗马史》。

岑托维奇在棋桌面前是个无与伦比的大师，可是一站起来，就无法挽救地变成了一个几近滑稽可笑的古怪人物。尽管他身穿庄重的黑色西服，系着华丽的领带，上面还别了一枚有些刺眼的珍珠别针，指甲被精心修剪过，但是其行为举止依然显示出他是从前那个头脑简单的乡下少年，不久前还在村子里给神父的房间打扫卫生。他试图凭借自己的天赋和名声，尽可能多捞钱，带着小气的甚至往往是鄙俗的贪婪，手法笨拙，简直不顾廉耻到无以复加，既让同行取笑，也让他们愤慨。他从一座城市旅行到另一座城市，总是住在最廉价的旅馆里，只要同意给他酬金，他就在任何一个寒碜的俱乐部里下棋；他允许他人在肥皂广告上印制他的肖像，甚至同意把自己的名字卖给一家出版社，让他们出版一本名叫《象棋哲学》的著作，丝毫不在乎竞争对手对他的嘲笑。他们清楚地知道，他连三句话都写不出来，而实际上这本书是加利西亚一个穷大学生为一位精明能干的出版商撰写的。正如一切天性顽强的人一样，岑托维奇也完全不懂得什么叫可笑。自从在世界比赛中获胜以后，他就自以为是世界上最重要的人物了。他意识到自己击败了那些在各自领域内聪明绝顶、智力超群、出类拔萃的演说家和写作者，尤其是明摆着他比他们挣钱更多的事实，使他从原本的缺乏自信转变成冷漠的骄傲，但是大多表现得很笨拙。

"不过，如此快速地功成名就，怎么可能不冲昏这样一个空空如也的脑袋呢？"我的朋友做出推断道，他刚刚给我举了几个典型例子，以此说明岑托维奇那幼稚可笑的骄傲自大，"一个来自巴纳特[1]的二十一岁乡下青年，突然之间只要在木质棋盘上动几个棋子，一周之内赚到的钱比他家乡全村人一整年内砍伐木材和艰辛劳动所得还要多，他如何可

---

[1] 巴纳特，位于东欧地区，历史复杂，1920年后分属多国。

能不染上虚荣的毛病？还有，假如一个人的脑子里根本不知道这世上曾经有过伦勃朗、贝多芬、但丁和拿破仑的存在，岂不是很容易认为自己就是一个伟大人物吗？这个小伙子在他智力平平的脑子里只知道一件事，那就是几个月来他未曾输过一盘棋，而且又因为他恰恰不知道这世上除了象棋和金钱之外还有其他有价值的东西，他有自我陶醉的任何理由。"

朋友的这番话自然激发了我特别的好奇心。我这一生一直对各种有偏执狂的人感兴趣——那种痴迷于单一思想的人，因为一个人给自己划定的界限愈多，他在某一方面就愈是接近于无限。正是这种看似与世隔绝的人使用他们的特殊材料，像白蚁一样建造出异乎寻常的、完全无与伦比的世界缩影。因此我毫不掩饰自己内心的想法，计划在前往里约热内卢的这十二日旅途中，好好观察这个智力发展片面的特殊样本。

然而，我的这位朋友告诫我道："你在这方面不会有多少好运的，据我所知，还没有一个人能成功地从岑托维奇嘴巴里找到过哪怕一丁点儿的心理学材料。这个狡猾的农民，将自己绝顶聪明的一面藏匿在他所有深不可测的愚笨背后，从不暴露自己的弱点，而且依靠的还是一种简单的技巧，除了在简陋的小客栈里碰到的和他背景相仿的同乡之外，他避免跟任何人交谈。一旦感到有文化修养的人在他面前现身，他就马上爬进他的蜗牛壳里；因此，谁也无法夸口说曾经听到他说过一句蠢话，或者探测到他那不可估量的无知的深渊。"

我的朋友看来确实说对了。旅行的头几天，事实证明，如果不是死皮赖脸地凑上去，我是根本不可能接近岑托维奇的，毕竟我也不是这种人。有时，他虽然到供散步用的甲板上溜达，但始终反背着双手，摆出那种专心致志的高傲态度，就像那幅名画上的拿破仑。此外，他在甲板上进行亚里士多德式的散步时总是匆匆忙忙、推来撞去的样子，因此，如若想跟他攀谈，就得一路小跑地追上他。另外一方面，他从来不在酒吧间、吸烟室等社交场所露面。正如一位服务生悄悄向我透露的那样，他白天的大部分时间都待在自己的舱房里，在一个大棋盘上研究棋局或者复盘下过的棋局。

三天以后，我真的生起气来，岑托维奇机灵的防御技术要比我想要设法接近他的意志更为巧妙。我这辈子还从未有机会亲自认识一位象棋大师，而我现在愈是想努力了解这种类型的人，就愈是觉得一辈子仅仅围绕六十四个黑白方格空间转来转去的这种大脑活动是不可思议的。从自身的经验看，我自然知道这种"国王的游戏"有着神秘的吸引力，在人类发明的各种游戏中，唯有这一种游戏绝对容不得任何偶然的随心所欲，它只给智慧戴上桂冠，或者更确切地说，它只给某种特定形式的智力天赋戴上桂冠。可是，把下棋称为一种游戏，难道不是对它进行了一种带有侮辱性质的限制吗？它不也是一种科学、一种艺术吗？它悬浮于这些范畴之间，犹如伊斯兰教先知穆罕默德的棺椁悬浮于天地之间一样，独一无二地结合了各种矛盾体；既无比古老，又弥久恒新；它是机械装置，但只能依靠想象力发挥作用；它被限制在呆板的几何空间里，却又有着无限的组合；它在持续不断地发展，可又毫无创造性；它是思想却不会有什么结果，它是数学却没有答案，是艺术却没有作品，是建筑却没有材料。尽管如此，事实证明，这种游戏的存在要比所有的书籍和作品更为持久，它是所有民族和任何时代唯一共有的游戏，而且谁也不知道是哪位神仙把它带到了人世间，供世人消遣解闷、磨炼心智、聚精会神。它从哪儿开始？又到哪儿结束？任何一个孩子都能学会它那简单的规则，任何一个生手也都可以尝试，而在这个永不改变的狭窄方格里，却产生出一种有别于其他人的特殊大师，他们唯一的天赋局限于下棋，他们是特殊的天才。在他们身上，想象力、耐心以及技巧正如在数学家、诗人和作曲家身上同样分配得精确到位并发生作用一样，只是方式和组合不同罢了。倘若是在过去相面术盛行的时代，像加尔[1]那样的德国医生或许会解剖一下这些象棋大师的头颅，以便确定这种象棋天才的大脑灰质里是否有一种特殊的纹路，是否和其他人的头颅不同，他们是否有某种更为发达的擅长象棋的肌肉或者赘生物。岑托维奇这个人的故事会多么使这样一个面相家感兴趣啊！一种特别的天赋零星地散布在他那绝对迟钝的智力里，犹如一条金脉散落在一百公斤毫无光泽的矿石之中一样。这种独一无二的天才游戏必定会创造出特殊的凯旋者，原则上我向来理解这一事实，然而我很难想象，甚至不能想象一个心智活跃的人会过这种生活。他将自己的世

---

1 加尔（1758—1828），德国解剖学家、生理学家，颅相学的创始者，颅相学当时被称为"唯一真正的关于心灵的科学"。

界仅仅局限于这种黑白之间的狭小单行道之中,而且只在三十二颗棋子的前后左右移动中寻求人生的胜利。对他来说,开局时先走马而不是先走卒已是伟大的壮举,而在一本棋谱的一隅占据一席小小的位置则意味着不朽的英名。一个有才华的人,在十年、二十年、三十年、四十年之中,把思考的全部活力日复一日地放在这件荒诞可笑的事情上,在木制棋盘上想方设法地把一个木制的"国王"逼入角落,而他自己居然没有发疯。

如今,这样一个了不起的人,这样一个奇特的天才,或者这样一个谜一般的傻子,第一次在空间上离我如此之近,在同一艘船上,只相隔六个船舱,而我这个无福之人居然没法接近他。在心智的事物上,我始终会把好奇变成一种激情。我开始设想最荒谬绝伦的计策:比如,激起他的虚荣心,假装替一家重要的报纸采访他,或者抓住他的贪婪不放,建议他到苏格兰进行一次有利可图的比赛。不过最后我才想起猎人屡试不爽的技巧，要想引诱松鸡，就得模仿松鸡发情的叫声。而要想吸引象棋大师的注意力，还有什么比自己下棋更有效？

我这辈子未曾认真研究过棋艺，原因很简单，我下象棋总是很随心随意，而且纯粹是为了消遣。假若我在棋盘前坐上一个小时，那绝不是为了让自己费心费脑，恰恰相反，是为了释放自己思想上的紧张。我是根据这个词最真实的本义"游戏"地下棋，而其他人，那些真正的棋手——我大胆地把一个新词引入了德语——却是在"严肃"地下棋。那么下象棋，就跟谈恋爱一样，必须有个搭档，可现在我还不知道船上除了我们以外，是否还有其他象棋爱好者。为了将他们引出洞来，我在吸烟室里设置了一个很低级的陷阱，我和妻子一起坐在一张棋盘前，像捕鸟人那样，尽管她的棋下得比我还要差。果不其然，我们才走了不到六步棋，就有一个人从我们身旁走过时停下脚步，第二个人则请求我们允许他观战,最后期望中的对手也出现了,他向我挑战,同他下一盘棋。此人名叫麦克柯诺尔,是苏格兰的一名从事地下工程的土木工程师,听说他在加利福尼亚钻探石油赚得盆满钵满。从外表看,麦克柯诺尔身材粗壮,颌骨结实得几乎成正方形,牙齿牢固有力,脸色很红,鲜明的红色很可能归因于享用威士忌过量,至少是部分原因吧。他的肩膀宽得出奇,几乎像运动员那样威武,很遗憾在下棋时也因为他的个性而引人注目,因为麦克柯诺尔先生属于那种为自己着魔的成功人士,这种人哪怕在最无关紧要的游戏中,也把失败视为降低自身人格。这个粗壮的白手起家者习惯于毫无顾忌地实现自己的人生目标,而且也被自己事实上的成功宠坏了,于是内心充满着不可动摇的优越感,以至于任何阻力都令他感到不安,被视作失礼的反抗,简直就是侮辱。他输了第一盘棋后,就变得闷闷不乐,开始拖泥带水地、独断专横地解释道,他之所以输棋，只是因为一时粗心大意而已。第三盘输的时候，他就怪隔壁房间太过喧闹。每输一盘，他立即要求再来一盘。起初，这种好胜心切我还觉得挺有趣，到最后只能无可奈何地接受下来，因为我原本就是想要把那位世界冠军吸引到我们桌前，而这是不可避免的副作用而已。

到了第三天，我成功了，但只成功了一半。可能是岑托维奇在散步甲板上闲逛时，从甲板的舷窗里观察到我们坐在棋盘前，也可能是他光临吸烟室仅仅是巧合。无论如何，一看到我们这些毫无资格的人在从事他所擅长的技术，他就不由自主地走近一步，相隔适当的距离，对着棋盘投来审视的一瞥。刚好轮到麦克柯诺尔走棋。似乎就是这一步棋让岑托维奇心知肚明，我们这种外行的比赛根本不值得他这么一位大师再多瞅上一眼。他从我们的棋桌旁走开，离开了吸烟室，带着一种理所当然的姿态，犹如我们这种人看到有人推荐一本差劲的侦探小说，却连翻都不愿意翻开，就把它放回去一样。"他掂过斤两，感觉太小儿科了。"我想道，他那种冷淡、轻蔑的目光有点令我恼火，而为了以某种方式发泄我的怒气，我对麦克柯诺尔说道："那位大师看来对您这一步棋并不怎么欣赏。"

"什么大师？"

我向他解释道，刚才从我们身旁走过并且以不以为然的目光看我们下棋的那位先生，正是象棋冠军岑托维奇。我还补充说，我们两个人能够挺过这一关，名人的蔑视不会让我们伤心欲绝，穷人也只好得过且过了。可令我大吃一惊的是，我这么随意一说，竟然对麦克柯诺尔产生了完全意想不到的效果。他立马激动起来，忘记了我们的那盘棋，他的虚荣心开始跳动，简直可以听得见。他说不知道岑托维奇就在船上，他无论如何得跟岑托维奇下盘棋才行。他这一辈子还未曾和一位世界冠军下过棋，除了有一次，他和另外四十个人同时跟这位世界冠军下过一盘车轮大战,即便那次车轮大战也下得紧张得要命,而他当时几乎就要赢了。他问我是否认识冠军本人,我说不认识。他问我是否愿意跟冠军招呼一声,请他跟我们下盘棋?我拒绝了,给出的理由是,据我所知,岑托维奇不怎么喜欢结识新交。再说,一个世界冠军怎么会有兴致,屈尊下驾跟我们这些三流棋手下棋呢?

像麦克柯诺尔这种虚荣心如此强烈的人,我真不应该说出三流棋手之类的话来。他怒气冲冲地向后一靠,粗暴地解释道,他不相信岑托维奇会拒绝一位绅士的礼貌邀约。他会想办法搞定这件事。在他的要求下,我给他简要介绍了这位世界冠军的为人,他马上毫不在乎地扔下这盘未下完的棋,急不可耐地冲向供游人散步的甲板上去寻找岑托维奇。我又一次感觉到,长着这么宽肩膀的人要想干什么,你是怎么拦也拦不住的。

我相当好奇地等待着。过了十分钟,麦克柯诺尔回来了,看起来他的心情并不愉快。

"怎么样?"我问。

"您说得对,"麦克柯诺尔有些恼火地回答道,"不是一位讨人喜欢的先生。我做了自我介绍,告诉他我是谁,可他却连手都不跟我握一下。我试图跟他说明,假若他愿意和我们进行一盘车轮大战的话,我们船上所有的旅客将会感到多么自豪、多么荣幸。可是真该死,他丝毫不为所动。他说他感到很抱歉,他和他的经纪人有着合同上的义务,合同上明文规定他在整个巡回比赛期间不能进行没有报酬的比赛,而且每盘报酬最低二百五十美元。"

我哈哈大笑起来,"我可从来没有想到,把棋子从黑格移到白格,竟然是一桩如此利润丰厚的买卖。那么我想您已经客客气气地向他告辞了吧。"

然而,麦克柯诺尔依然完全一副一本正经的样子,"比赛安排在明天下午三点,就在这里的吸烟室。但愿我们不至于那么轻而易举地被他打得稀巴烂。"

"怎么？您答应给他二百五十美元了吗？"我万分震惊地叫嚷起来。

"为什么不呢？这就是他的职业。如果我牙疼，碰巧就有一位牙科医生在船上，那我也不能要求他免费给我拔牙。这个人索求高价完全没有错。在任何一个行业，真正的专家也都是最厉害的商人。就我而言，生意做得越透明越好。我宁可支付现金，也不愿受到岑托维奇这种人的恩赐，到头来还得对他们千恩万谢。毕竟我在我们俱乐部里有时一个晚上输的钱都不止二百五十美元，还不是跟一个世界冠军下棋。'三流'棋手输给岑托维奇这样的人没有什么可丢脸的。"

发现用"三流棋手"这个无辜的字眼那么深深地伤害到了麦克柯诺尔的自尊心，这让我觉得很有趣。不过由于他乐意为这种昂贵的娱乐付钱，我对他这种不恰当的虚荣心也就没有什么好反对的了，而且正是他的这种虚荣心才让我终于有机会见识一下怪人怪事。我们以最快的速度将这件即将发生的大事告诉了四五位到现在为止自称会下棋的先生，为了尽量不受到过往旅客的打扰，我们不仅预订下了我们的桌子，也把邻近几张桌子一并预订了。

次日，到了约定的时间，我们一小群人悉数到场。冠军对面的中间位置自然分配给了麦克柯诺尔。他一根接一根地抽着粗雪茄，借此消除自己的紧张不安，他还一再心神不定地看着手表。然而，世界冠军让我们等了整整十分钟——听我这位朋友讲过那些故事，我早已料到会有这种情形，他的出场因此就显得格外引人注目。他平心静气、泰然自若地走到桌旁。他并没有做自我介绍——他的无礼似乎在说："你们知道我是谁，至于你们是谁，我并不感兴趣。"他马上以专家那种单调乏味的语调做出具体的安排。由于船上没有那么多棋盘，无法进行车轮大战，所以他建议我们可以所有人一起和他对弈。他走完一步棋后,为了不影响我们商量,他就退至这个房间另一头的一张桌子旁边。等到我们下完一步棋,就用调羹敲击玻璃杯作为信号,因为桌上并没有摇铃可用。假若我们没有其他安排,那他建议每走一步棋最多考虑十分钟时间。我们就像害羞的小学生一样,理所当然地接受了他的每一个建议。岑托维奇选了黑棋,他站着回了一步棋,就马上转过身去,退至他刚才建议过的等候位置,懒洋洋地倚靠在那里,匆匆翻阅一份画报。

报道这盘棋没有多大意义。这盘棋理所当然地在意料之中结束:以我们的彻底失败宣告结束,而且仅仅走了二十四步棋。世界冠军轻而易举地击败了六七位中下流的棋手,这件事本身不足为奇,而让我们大家感到十分不爽的其实只是岑托维奇骄傲自大的态度,我们明显感觉到他对付我们所有的人不过是小菜一碟。每一次他仅朝棋盘匆匆瞥上一眼,目光如此漫不经心地从我们身旁一闪而过,犹如我们只是没有生命特征的木头棋子，这种冒失无礼的姿态不禁让人想起有人将一口残渣剩饭扔给一只癞皮狗，却懒得去看它一眼。我个人觉得，倘若他能够稍稍体贴一下别人的情绪，完全可以指出我们所犯的错误，或者说句知书达理的话鼓励我们。可是，就连下完了这盘棋，这个毫无人性的象棋机器也没有吭上一声。他说了一声"将军"之后，就一动不动地站在桌旁等待，看我们是否还要跟他再下一盘。正如人们对付这种厚颜无耻的粗鲁之人一样，我已经站了起来，无可奈何地用手势来暗示，表示至少对我而言随着这笔美金交易的完结，我们相识的乐趣也就此结束，而让我感到不快的是，这时坐在我旁边的麦克柯诺尔用沙哑十足的声音说道："再下一盘！"

这种挑战性的口吻简直把我吓倒了，事实上麦克柯诺尔此时此刻给人留下的印象更像是个即将出拳的拳击手，而不是一位彬彬有礼的绅士。要么是岑托维奇对待我们的那种态度让他感到不快，要么仅仅是他病态的虚荣心容易遭受刺激，反正麦克柯诺尔完全变了个人。他满脸通红，一直红到额头发际，鼻孔由于内部压力而张得很大，他明显在出汗，一条皱纹从紧抿的嘴唇深深地伸展至气势汹汹地往前突出的下巴上。我不安地从他的眼睛里注意到一股遏制不住的激情的火焰，这种火焰通常平时只会发生在轮盘赌桌上的人身上，当他们接连六七次加倍下注，而他们所需的颜色还没有出现的时候。此刻我才明白，这个虚荣心强烈的狂热分子，哪怕花去他的所有财产，也要和岑托维奇一直对弈下去，不管是下普通的注，还是双倍的注，直至他至少赢了一盘为止。而只要岑托维奇坚持下去，那么他就在麦克柯诺尔身上找到了金矿，在抵达布宜诺斯艾利斯之前，他就可以从这个金矿里捞得几千美元。

　　岑托维奇依然一动不动。"请吧，"他彬彬有礼地回答,"现在请诸位先生执黑了!"

第二盘的情况也没有什么不一样,只不过多了几个好奇的人,我们这个圈子不仅变大了,而且显得更加热闹了。麦克柯诺尔直愣愣地盯着棋盘看,仿佛要以他必胜的意志去催眠棋子似的。我觉得只要能向我们这个厚颜无耻的对手兴高采烈地大喊一声"将军",他是非常乐于牺牲一千美元的。奇怪的是,他那种愠怒的激动不知不觉地感染了我们。现在我们每走一步棋都要比先前的讨论激烈得多,直至最后一刻总还要互相拦住对方,等到一致同意才发出信号,把岑托维奇叫回到我们桌前。渐渐地,我们走到了第十七步,让我们自己也感到惊讶的是,此时出现了一个似乎对我们极为有利的局面。因为我们已经成功地把 c 线上的卒子推到倒数第二格的 c2 位置上,现在只需把它推进到 c1 的位置上,我们就能把卒子变成第二个王后了[1]。可是,这个机会太过显而易见,反倒让我们不太放心,我们一致怀疑,这个看似被我们挣得的优势,肯定就是岑托维奇故意当作诱饵送给我们的,因为他纵观全局的水平可是要比我们高明得多。但是,尽管我们大家绞尽脑汁地寻思和讨论,仍然看不出他隐藏的花招是什么。最后,眼看着允许的思考时限就要到了,我们决心冒险走这步棋。麦克柯诺尔已经伸手摸到卒子,准备把它放至最后一个格子里,此时他感觉到他的胳臂突然被人抓住了,有个人轻声然而激烈地嘀咕道:"天哪,别这么走!"

我们全都不由自主地转过身去。一个约莫四十五岁的先生想必走到我们这边来不过几分钟时间,我们那时正全神贯注于那个问题。此人脸型瘦

---

[1] 国际象棋中的一种规则,是指卒子的一种特殊走法。当一方的卒子通过直进或斜吃到达底线,可以变成王后、车、马、象的其中一种,在大多数情况下,卒子到底线都升格为王后,因为王后的威力最大。

削，轮廓鲜明，之前因为他的脸色几乎像石灰一样白得令人可疑，所以我在散步甲板上就注意到他了。感觉到我们的目光后，他匆匆忙忙地补充道：

"如果现在诸位把卒子变成王后，那他立即用c1的象把它吃掉，而诸位再用马把他的象吃掉。但这时候他就会把他那不受牵制的卒子进到d7的位置上，从而威胁到诸位的车。而诸位即便使用马去将他的军，诸位还是会输，只要再走上九到十步棋就被将死了。这和一九二二年阿廖辛在彼斯吉仁循环赛上同波哥留勃夫对弈时的布局几乎完全一样。"

麦克柯诺尔感到很吃惊，放下手里的棋子，和我们所有的人一样，不胜讶异地盯着这个像是出人意料地从天而降施予援手的天使看。一个人若是在九步棋之前就能算出一盘棋的结局，想必是个第一流的高手，说不定甚至就是和岑托维奇参加同一个比赛，还夺了冠的竞争对手呢。而恰恰就在这样的关键时刻，他的突然到来并施以援手，可以说是超乎自然。首先镇定下来的是麦克柯诺尔。

"您有什么建议？"他兴奋地低声问道。

"先别马上向前，而是暂且回避！首先要把国王从遭受危险的 g8 挪到 h7，这样的话，他或许会转而进攻另外一翼。不过诸位就可以把车从 c8 移至 c4 来回击。这是要让他多走两步棋，损失一个卒子，因此也就失去了优势。然后，你们卒子和卒子对垒。只要诸位防守得当，还能下成和局。其他的就不敢奢望了。"

我们又一次惊讶不已。他那精准和迅速的计算令我们困惑不解，仿佛他是照着一本印刷出来的棋书里念出了一步步的走法。至少，由于他的参与，我们这盘棋居然能和世界冠军打成和手，这种预料之外的机会令人着迷。我们一致愿意退至一旁，确保让他更清楚地看到棋盘。麦克柯诺尔又问了一次："那么说，把国王从 g8 走到 h7 的位置吗？"

"当然啦！首先避开再说！"

麦克柯诺尔听从了他的建议，我们敲了敲玻璃杯。岑托维奇迈着他惯常的漫不经心的步伐走到我们桌前，对我们走的那步棋只瞥了一眼，就把国王侧翼的卒子从 h2 走至 h4 的位置上，就跟我们这位素不相识的帮手先前预言的一模一样。而这个帮手又已经兴奋地低语道：

"车向前，车向前，从 c8 走到 c4，他就不得不首先去救卒子了。但这步棋也救不了他！诸位不必理会他的卒子，把马从 c3 走到 d5 的位置，这样就能恢复均势了。全力向前进攻，不要防守！"

我们不明白他在说什么。对我们而言，他说的话犹如谁也听不懂的外语一样。可是麦克柯诺尔已经被他吸引住了，未加思考就照他说的走了。我们又敲了敲玻璃杯，把岑托维奇招呼过来。他第一次没有迅速地做出决定，而是紧张地盯着棋盘看。果不其然，他就走了那步棋，恰恰就是这位陌生人向我们预告的那一步，然后转身走了。可是，就在他往后退之前，一件意想不到的新鲜事发生了。岑托维奇抬起目光，打量着我们这群人，他显然想弄清楚，是谁在突然之间竟然对他进行了如此强有力的抵抗。

从这一瞬间开始，我们的兴奋增长至无以复加的程度。迄今为止，我们并没有真的抱着希望下棋，可是现在，想到能够挫败岑托维奇那冷漠无情的傲慢自大，我们顿时热血澎湃、心跳加速。不过，既然我们的新朋友已经安排好了下一步棋如何走，我们就可以把岑托维奇叫过来了。当我用调羹敲了敲玻璃杯时，我的手指在颤抖。现在我们首度夺取了胜利，因为岑托维奇在此之前一直是站着下棋的，而现在，他犹豫不决，终于坐了下来。他缓慢而笨拙地坐下，单单就肢体动作而言，他和我们之间的这种一直以来居高临下的架势不攻自破。我们迫使他至少从空间上和我们平起平坐了。他斟酌良久，垂下眼睛一动不动地盯住棋盘，以至于在他乌黑的眼睑之下你几乎看不见他的瞳孔，而在他费尽心机的深思熟虑之中，他的嘴巴渐渐地张开，这让他那张圆脸的表情看起来带点儿蠢相。岑托维奇考虑了几分钟，走了一步棋，站起来。我们的朋友早已经低声说道：

"这是拖延时间的一步棋！想得美！不过不必做出反应！逼他换子，一定要换子，我们就能战成和局，上帝也帮不了他的忙了。"

麦克柯诺尔照他说的走棋。接下来，这两个人你来我往，我们这些人早已沦为可有可无的配角，那几步棋移来移去，我们完全看不明白。走了大概七步棋，岑托维奇比先前沉思得更久，然后抬起头来，宣布道："和棋了。"

刹那间，周围鸦雀无声。你忽然可以听见浪涛翻滚，隔壁客厅的收音机里传来的爵士乐，你也可以听见从散步甲板上发出的每一个脚步声，以及从窗缝里吹进来的轻微风声。我们全都屏住了呼吸，事情来得太突然，我们所有的人对这件难以置信的事情感到吃惊，这盘棋本来已经输了一半了，可这个陌生人竟然可以迫使这位世界冠军屈从于他的意志。麦克柯诺尔突然向后一靠，随着愉快的"啊！"的一声，那口屏住的呼吸从嘴里清清楚楚地吐了出来。我又对岑托维奇观察了一番。走最后几步棋时，我就发觉他的脸色越发苍白了。可是他善于控制自己。他仍然保持一副看似无动于衷的呆滞表情，一只手冷静地把棋子从棋盘上推到一边，懒洋洋地问道：

"诸位还想下第三盘吗？"

他纯粹使用就事论事的做生意的口吻提出这个问题，但令人匪夷所思的是，他在提问时却并没有看着麦克柯诺尔，而是目不转睛地盯住我们的救星。正如一匹马从一个骑者更为坚定的骑姿中看出这是位更为优秀的新骑士一样，岑托维奇想必也从最后那几步棋中看出他面对的真正的对手是谁。我们不由自主地跟随他的目光，好奇地看着这位陌生人。然而，这个陌生人还没来得及考虑，或者还没来得及回答，麦克柯诺尔在兴奋的虚荣心驱使之下就已经洋洋得意地对他大喊起来：

"那当然啦！不过现在您得单独跟他对弈。您一个人对决岑托维奇！"

可此刻却发生了一件意外之事。令人奇怪的是，这个陌生人原本还一直紧张兮兮地盯着已经被清空的棋盘看，但当他感觉到所有的目光都在瞄准他，发现有人如此欢欣鼓舞地跟他说话时，他才如梦初醒。他的脸部表情变得慌乱不堪。

"绝对不行，诸位先生，"他结结巴巴地说，显然神色慌张，"这是完全不可能的……我绝对不在考虑之列……我已经有二十年，不，已经有二十五年没下过棋了……而且我现在才发现我的行为有多么不合礼仪，未经诸位许可就来搅局。抱歉，请原谅我的唐突。我肯定不会再继续打扰各位了。"

我们还没有从那种惊讶中缓过劲来,他已经退身而去,离开了房间。

"不过,这可是根本不可能的啊!"麦克柯诺尔满怀激情,用拳头敲击桌子,高声叫嚷道,"这个人他二十五年没下过棋,这是完全不可能的!他不是提前五六步棋就算出了每一步棋和每一个对策了吗!这种事情可不是不费吹灰之力就能做到的。这是完全不可能的,是吧?"

问到最后一个问题时,麦克柯诺尔不由自主地转向岑托维奇。可这位世界冠军依然沉着冷静,丝毫不为所动。

"我对这件事无法做出任何判断。不管怎样,这位先生的棋下得有点儿令人诧异,也有点儿意思,正因为如此,我才故意给了他一个机会。"与此同时,岑托维奇懒洋洋地站了起来,用他惯常的客观中肯的语气补充道,"如果这位先生或者诸位先生明天还想再下一盘,那么我从下午三点开始随时恭候各位。"

我们都忍不住微微一笑。众所周知,岑托维奇绝不是慷慨大方地给我们这个不知名的帮手一个机会,他的这种说法无非是幼稚地寻找借口,以掩饰自己的失败而已。我们的渴望因此越发强烈,希望看到这种无法动摇的傲慢自大受到羞辱。突然之间,我们这些息事宁人、懒散成性的船上居民萌发了一种疯狂的、虚荣心十足的战斗欲望,因为在大洋中间,恰恰在我们这艘船上,这位世界冠军有可能遭遇滑铁卢,这一想法以最具挑衅性的方式吸引着我们,而这一记录将由各大电报局向全世界发送。此外,我们的救星正是在关键时刻出乎意料地插手,这件事更是带上了一种神秘的魔力,他那近乎恐惧的谦逊与职业棋手难以撼动的自信形成了鲜明的对比。这个陌生人是谁?难道是偶然的机遇巧合下发掘出了一位尚未被发现的象棋天才?还是出于某种无法探明究竟的原因,一位鼎鼎大名的象棋大师向我们隐姓埋名了？我们万分激动地讨论了所有的可能性，即便最大胆的假设对我们而言也不够大胆，陌生人莫名其妙的畏惧和他那令人惊异的自白，又如何和他显而易见的棋艺协调起来？但在一件事情上我们所有人的想法完全一致：绝不放弃重新观战一次的机会。我们决定想方设法让我们的救星明天和岑托维奇对弈，麦克柯诺尔允诺将承担经济上的风险。经向服务生询问后得知陌生人是奥地利人，我身为他的同胞，则被全权委托向他提出我们的请求。

没花多少时间，我就在散步甲板上找到了这个仓促逃脱之人。他躺在躺椅上看书。我并没有立即走近他，而是利用这个机会端详了他一番。他轮廓分明的脑袋倚靠在软垫上，他的样子稍稍有点疲惫。我又一次特别注意到，他那张虽然相对而言很年轻的脸，却苍白得令人可疑，而两鬓的头发白得耀眼。我有一种印象，我不知道这是为什么，我觉得这个人一定是突然变老的。我刚刚向他走近，他就彬彬有礼地站起来，做了自我介绍。他的姓氏我一听就很熟悉，那是奥地利的一个古老的名门世家。我想起来这个家族的一个成员曾是舒伯特的至交，另一个成员则是老皇帝的御医。我向这位 B 博士转达了我们的请求，希望他接受岑托维奇的挑战，他显然惊愕不已。事实表明，他并不知道自己刚才那盘棋经受住了一位世界冠军的考验，而且还是当今时代最为成功、享有盛名的棋手。不知道出于什么样的原因，这个消息似乎给他留下了特别深刻的印象，因为他一而再，再而三地询问我，是否确定他的对手真的是举世公认的国际象棋冠军。我很快发觉这一情况反倒使我的任务变得轻松了一些。只是我感觉到他生性敏感，因此一旦他落败，经济上的风险由麦克柯诺尔承担一事，暂且不要告诉他为好。B 博士踌躇再三，终于同意参加比赛，但还是强调要请我再一次向其他几位先生提个醒，他们千万别对他的才能寄予过高的期望。

"因为，"他继而补充道，微笑中带着沉思，"我确实不知道是否能按照全部规则好好下盘棋。请您相信我，我说过从中学时代开始，也就是二十多年来我没有动过一枚棋子，这绝不是虚伪的谦虚。而且即便是在那个年代，我也只被视为一个没有任何特别禀赋的棋手而已。"

他说得如此自然，以至于我对他的诚实、正直丝毫不抱有怀疑。然而，我不得不表示我的惊讶——他对各种不同大师下过的每一个棋局居然都记得一清二楚。无论如何，想必他至少从理论上对棋艺做过很多研究吧。B博士又一次露出那种奇怪的似梦如幻的微笑。

"很多研究！天知道，大概可以这么说，我对象棋做过很多研究。不过那是发生在完全特殊的情况下，对，是在独一无二的情况下。这是一个相当复杂的故事，在这个迷人的伟大时代，它或许可以被算作一个小插曲，假若您能耐心听上半个小时的话……"

他指了指身旁的那把躺椅，我欣然接受了他的邀请。我们周围没有其他人在场。B博士摘下他阅读时用的眼镜搁在一边，开始叙述道：

"您刚才非常客气地提到，您身为维也纳人记得我们家的姓氏。但我猜想您未必听说过那家律师事务所。这家律师事务所起先由家父和我共同主持，后来则由我独立主持。因为我们不受理报纸上公开讨论过的引起轰动的诉讼案件，并且出于原则也避免接受新的当事人的委托。事实上，我们根本就不再从事真正的律师业务，而是仅仅局限于提供法律咨询，尤其是为一些大修道院提供财产管理。家父曾经担任过天主教会政党的议员，因此和这些修道院走得很近。此外，在君主政体已成过往云烟的今天，现在说出来也无妨，我们还受托管理几位皇室成员的资产。我们家族跟皇帝和教会的渊源可以追溯至两代以前，我的一个叔叔是皇帝的御医，另一个叔叔是寨滕施特滕修道院的院长，我们只需把这份关系维系下去就行。我想说的是，这是一份寂静无声的工作，因为世代相传的信任而落到我们身上，而所要求的无非是严守秘密和信赖可靠，这是先父完全具备的两大品质。无论是在通货膨胀年代，还是在帝制被推翻之后的那些年里，因为他的审慎，他得以成功地为客户保住了可观的财产。后来，希特勒在德国掌权，开始以强盗行径掠夺教会和修道院的财产，于是我们也经手了一些在国外进行的谈判和大宗交易，至少让一些动产免遭没收。关于罗马教廷和皇室之间进行的某些秘密的政治谈判，我们父子俩远比公众知道得更多。不过，恰恰是因为我们的律师事务所不引人注目，我们的门上连个招牌都没有挂，再加上我们特意回避和保皇派人士来往，这样的小心翼翼使我们获得了最为安全的保护，免于遭受多方擅自调查。事实上在那么多年里，奥地利没有任何一个政府机构能料想到，皇室的秘密信使其实一直在我们五楼的那个不显山露水的事务所里领取或者投递最重要的信件。

"早在纳粹分子将他们的军队武装起来去进攻全世界之前，他们就开始在所有邻国组织另外同样危险且训练有素的军队，那是由受歧视、受冷落和受伤害的人组成的军团。他们在每一个政府机关和每一家企业都安插了所谓的基层组织，遍地都是他们的奸细和密探，包括陶尔斐斯和舒施尼格[1]的私人府邸。就是在我们这个毫不起眼的事务所里，也有他们的密探，很遗憾等我知道已为时太晚了。不过此人只是一个可怜而又无能的办事员，是一位神父推荐过来的，我之所以雇用他，仅仅为了让我们的事务所从外表上像一个正常的企业而已。事实上

---

[1] 陶尔斐斯（1892—1934），奥地利政治人物，1932年至1934年担任奥地利总理，在纳粹分子发动的政变中身亡。舒施尼格（1897—1977），奥地利政治人物，1934年接替被刺杀的陶尔斐斯成为奥地利总理，奥地利被德国吞并后被捕。

我们派给他的活，无非是无关紧要的跑跑腿，让他接听电话，整理档案，也就是说，那些卷宗完全是无足轻重、不致引发怀疑的。他从来不被允许拆阅邮件。所有重要的信件都由我亲手在打字机上打出来，不留副本，每一份重要文件都由我本人带回家去，而秘密磋商也只被安排在修道院的院长办公室或者我叔叔的诊疗室里进行。多亏采取了这些预防措施，这个奸细才看不到任何实质性的东西。但是，发生了一件不幸的偶发事件，这个有野心、爱虚荣的家伙一定注意到我们不信任他，察觉到各种各样有趣的事在他背后发生。或许有一次，我不在的时候，一位信使不小心提起了'陛下'，而不是按照我们的约定代之以'贝恩男爵'，或许是这个流氓非法拆阅了信件——不管怎样，在我对他起疑之前，他就从慕尼黑或者柏林得到了监视我们的任务。直至很久以后，我早已被捕入狱，我才想起他起初干活是如何懒散，而在最后几个月里突然变得勤快起来，好多次自告奋勇地要将我的信件送到邮局去，态度几近纠缠不休。因此，这也怪我自己不够小心谨慎。不过话说回来，那些最伟大的外交家和军官们不是也遭到希特勒匪徒们阴险狠毒的暗算了吗？盖世太保早已经将注意力集中到我身上，如此事无巨细，如此无微不至，从一件事上就可以得到极为具体的证实：就在舒施尼格宣布辞职的同一天晚上，也就是希特勒军队进驻维也纳的前一天，我就已经被党卫军逮捕了。幸运的是，我从收音机里一听到舒施尼格的辞职演说，就赶紧把最重要的文件全都烧掉了，而剩余文件，包括一些修道院和两位大公爵把财产存放在国外的必要凭证，我都藏在了一只洗衣篮里，让我年迈忠实的女管家送到我叔叔那里——真的是在最后一分钟完成的，随后，那帮家伙破门而入。"

B博士中断叙述，点上一支雪茄。在闪烁的火光中，我发觉他的右嘴角神经质地抽搐了一下。先前我就注意到了这一点。就我的观察，这种抽搐每隔几分钟就要重复一次。这是一种转瞬即逝的动作，几乎不比一丝微风拂过更明显，却使他的整张脸显出令人可疑的不安。

"您现在大概以为我要跟您说集中营的事了，毕竟效忠于我们古老奥地利的人都关在了那里，以及会跟您提起我在那里遭受的侮辱、拷打和折磨吧，但这样的事情并没有发生。我被归入另外一种囚犯。我没有被迫加入那些不幸者之列，他们承受身体上和精神上的屈辱，匪徒们趁机将蓄积已久的怨恨发泄到他们头上。我被归入另外一小群人中，纳粹分子期望从他们身上榨取金钱或者重要情报。盖世太保对我这个微不足道的小人物本身自然了无兴趣，但他们想必获悉，我们是他们最顽强的敌人的代理人、管理人和亲信。他们希望从我身上榨取一些罪证材料：指控修道院的材料，他们想证明修道院存在财产黑市交易；指控皇室成员的材料，以及指控所有那些在奥地利为了君主政体而甘愿做出牺牲的人。他们猜测——而且真的没有猜错,我们经手的那些资金还有很大一部分被藏起来了,害得他们无法掠夺。正因为如此,他们在第一天就把我传唤过去,想用他们屡试不爽的方法逼迫我吐露秘密。他们希望从我们这一类人身上榨取重要材料或者金钱,因此我们没有被送往集中营,而是被留下来接受特殊对待。您或许记得我们的总理绝没有被投入铁丝网后面的俘虏营里,罗斯柴尔德[1]男爵也同样没有,匪徒们希望从他的亲戚那里榨取数百万元。他们表面上受到了优待,被安置在一家饭店,'大都会饭店',这家饭店也是盖世太保的总部所在,每个人住一个独立的单间。即便我这个毫不起眼的小人物也获得了这种厚待。

"在一家饭店里自己住一个单间——这听起来十

---

1 罗斯柴尔德家族被世人誉为世界上最富有的家族,是欧洲著名的银行世家。

分人道，是不是？不过您可以相信我，如果他们没有把我们这些'名流'塞进二十个人一间的冰冷木棚里，而是让我们单独住在还算有暖气的饭店房间里，那么他们绝不是想用什么更加人道的方式，而是想到了更为诡计多端的手段罢了。因为他们想施压逼迫我们交出他们所需的'材料'，而这种施压不是采用一顿粗暴的棒打或者肉体的折磨，而是采用更为微妙的方式：以可以想象得到的最为狡猾的隔离。他们并没有对我们怎么样——他们只是把我们置身于完完全全的虚无中，因为众所周知，世界上没有什么东西能够像虚无那样对人类心灵产生如此巨大的压力。他们把我们每一个人都单独关进一个完全的真空之中，关进一个和外界彻底隔绝的房间里，那种压力从内部产生，而不是借由棒打或寒冷从外部产生，最终迫使我们开口说话。从第一眼看，分配给我的房间看起来完全没有什么不舒服的地方。房间里有一扇门、一张床、一张沙发椅、一个盥洗盆，以及一扇装了栅栏的窗户。不过房门日日夜夜锁闭着，桌上不得放有书籍、报纸、纸张或者铅笔，窗户面对一堵防火墙，我的四周和我自己身上全都空无一物。他们拿走了我的所有物品：我的手表，免得我知道时间；我的铅笔，免得我写东西；我的小刀，免得我割腕轻生；就像香烟这种最微不足道的麻醉品也不许我享有。那名看守不可以说话，也不可以回答问题，而除了看守之外，我看不到任何人的脸，也听不见任何人的声音。从早晨到夜晚，从夜晚到早晨，眼睛、耳朵以及所有其他感官都得不到一点儿滋养。我孤单一人，手足无措，和我的身体形影相随，陪伴我的还有四五件不会说话的东西：一张桌子、一张床、一扇窗户、一个盥洗盆。我就像是一名潜水员，在玻璃罩之下，生活在沉默无声的漆黑大海里，甚至这名潜水员已经预料到，通向外界的那根绳索已经扯断，他再也不会被人从这寂静无声的深渊拉回水面了。无事可做，什么都听不到，什么都看不见。我的身边唯有虚无，无处不在，持续不断，那是完完全全没有时间、没有空间的虚空。我走过来走过去，走过去又走过来，如是反复不停。然而，即便看上去没有实体的思想，却也需要一个支撑点，否则它们就开始转圈，毫无意义地围着自己转圈，就连思想也忍受不了这种虚无。我从早到晚地期待发生点什么，可是什么都没有发生。我就这样一直等下去，还是什么都没有发生。我左等右等，左思右想，直至太阳穴发痛。什么都没有发生。我依然孤单一人。孤单一人。孤单一人。

"就这样持续了十四天，我是置身于时间之外、置身于世界之外活过来的。就算当时爆发了一场战争，我也不会知道；我的世界就只有桌子、门、床、盥洗盆、沙发椅、窗户和墙壁。我总是呆呆地凝望着同一面墙上的同一张裱糊纸，我凝望它的时间如此之久，裱糊纸上那种锯齿形图案的每一根线条犹如用金属雕刻刀一样雕刻在我大脑最深处的褶纹里。然后，审讯终于开始了。我突然被传唤出去，完全不知道那是白天还是晚上。我被传唤，被带着穿过几条过道，不知道要去哪儿；然后，我在一个什么地方等着，也不知道是在什么地方；突然，我站到了一张桌子前面，桌旁坐着几个身穿制服的人。桌上放着一叠文件，那是档案，不知道里面有些什么；然后提问开始了：真真假假的问题，有些很明确，有些很阴险，有些在打马虎眼，有些在设局。在我回答问题时，陌生恶意的手指在翻阅文件，而我不知道那些文件里包含些什么，陌生恶意的手指在往审讯记录里做着记录，而我不知道这些手指在记录些什么。然而，对我来说，审讯最可怕的地方是，我永远无法猜出也永远无法算出盖世太保对我们事务所办理的业务究竟知道了些什么，他们究竟想从我身上问出些什么？我跟您说过，那些真正可以作为罪证的文件，我在最后一刻已经让我的女管家转交给了我的叔叔。可是他是收到这些文件了，还是没有收到呢？我们那个办事员究竟泄露了多少？他们截获了我们多少信件？如今在我们代理的那些德国修道院里，他们从一个笨拙的神父那里榨出了多少线索？他们不断地盘问我：我给某个修道院买过哪些有价证券？我和哪些银行有过业务往来？我是否认识某先生？我是否从瑞士或者天晓得从什么地方收到过信件？而因为我永远无法算出他们究竟已经打听到了多少情况，所以我的每一个回答都要承担着无比巨大的责任。如果我承认了他们还不知道的某件事，我或许会毫无必要地将某个人置于死地；而如果我否认过多，我就会害了自己。

"然而审讯还不是最糟糕的。最糟糕的是在审讯之后回到我的虚无之中，回到同一个房间，那里有着同一张桌子、同一张床、同一个盥洗盆、同一张裱糊纸。因为我刚刚独自一人，我就试图回想应该如何回答才最聪明，下一次该说些什么才能重新打消或许是我一言不慎惹出的怀疑。我把自己对预审法官供述的每一句话加以深思熟虑、缜密研究、查对审核，我对他们提出的每一个问题以及我给出的每一个回答进行复盘。我试图考虑我说的哪些话会被他们记录下来，可我也知道这种事情我永远无法算出，也永远不会获知。但是，这种思想一旦在空荡荡的空间里开始运转，它就不停地在脑海里旋转，周而复始地旋转，总是出现不同的联想，直至进入我的睡眠。每次接受完盖世太保的审讯之后，我自己的思想就会同样无情地拷问我，不断地盘问、查验、折磨，或许甚至还要更残忍，因为他们的审讯在一个小时之后总会结束，而由于孤独寂寞的阴险折磨，自我的审讯却永无宁日。我的身边始终只有桌子、柜子、床、裱糊纸、窗户，没有可以转移注意力的东西，没有书籍，没有报纸，没有陌生的面孔，没有可以写点东西的铅笔，没有可以拿来玩耍的火柴棒，什么也没有，什么也没有，什么也没有。直到现在我才发觉，把我们单独关押在饭店房间里，这种办法是多么恶毒有效，对人心理产生的影响有多么致命。在集中营里，你或许得用手推车去运送石头，直至双手流血，双脚在鞋子里冻坏。你很可能得在臭气熏天和饥寒交迫中跟二十多个人挤在一起。可是，你在那儿可以看到陌生的脸，可以对着一片田野、一辆手推车、一棵树木、一颗星星茫然地凝视一番，总能够看到些什么。而在这儿，你的身边永远是同样的东西，亘古不变，可怕至极。在这儿，没有什么东西能够转移我对自身的想法、妄想以及我那病态的复盘的注意力。而这正是他们想要达到的目的：我一定会被憋死，被自己的想法憋死，直到我喘不过气来，以至于别无选择只能把我的想法统统吐出来，招出口供，招出他们想要的一切，最终向他们供出那些材料和那些人来。我渐渐发觉，在这种虚无的可怕压力之下，我的神经开始松弛下来了，而当意识到危险之后，我就绷紧我的神经,直至快要绷断了,想要找到或者虚构出任何一种分散注意力的办法。为了让自己有事可做,我试图诵读和模拟曾经背得滚瓜烂熟的东西,如民歌和童谣,中学学过的《荷马史诗》、《民法典》条文。然后我试着做算术题,让任意数字相加相除,但我的记忆在虚空之中已经失灵了。我无法将心思集中在任何事情上。我的脑海里总是出现和闪烁着同一个念头:他们知道什么?我昨天说过什么,下一次又该说些什么?

"这种实在难以形容的状况持续了四个月。嗯,四个月,写起来容易,不过就是三个字!说起来也容易:四个月,德语才四个音节。用四分之一秒的时间,嘴唇迅速而清晰地发出这些音:四个月!但是谁也无法描述、无法测量、无法说明,和任何人都说不清楚,和自己也说不清楚,在没有空间也没有时间的情况下,一段时间会持续多久。你也无法向任何人解释,这一切如何折磨你和毁灭你,你的周围除了虚无还是虚无，只有桌子、床、盥洗盆、裱糊纸，始终只有沉默，总是同一个看守，他把饭推进来，连看都不看你一眼，始终同样的一些念头在虚无之中围绕一件事盘旋，直至你要发疯为止。从一些细微的征兆中，我不安地觉察到我的脑子陷入了混乱无序。起初接受审问时，我心里还很清楚，我的陈述沉着冷静、深思熟虑，我还可以同时思考自己该说什么，不该说什么。而现在，就连最简单的句子，我也只能结结巴巴地发出声来，因为就在我供述时，我像着了魔似的，盯住那支水笔，看着它在纸上划过做下记录，仿佛我要紧跟我自己说的话。我感觉到我的力量渐渐不支，感觉到那一时刻愈来愈逼近：我为了自救，将把所知道的一切，或许还有更多的东西一股脑儿地说出来，为了摆脱这令人窒息的虚无，我将供出十二个人以及他们的秘密，而我所能得到的也仅仅是让自己享有片刻的休息而已。一天晚上，好机会真的来了：就在我快要被憋死的时刻,看守恰好给我送饭来了,我突然在他身后叫嚷起来:'带我去审讯吧!我会说出一切!我会供认一切!我愿意说出那些文件在哪里,钱又是藏在哪儿!我什么都会说,所有的一切!'幸运的是,他没有听我说下去。或许他也不想听我说下去。

"就在这极其危急的紧要关头,有一件始料未及的事情拯救了我,至少拯救了我一段时间。那是七月底,一个黑魆魆的乌云密布的雨天:我之所以完全清晰地想起这个细节,是因为我路过过道被带去接受审讯的时候,雨水正敲打在玻璃窗户上。我得在预审法官的接待室里等候。每次受审你都得等,这种受审等候也属于他们的技巧。先通过传唤叫你神经紧张起来,深更半夜突然把你从单人囚室带走,然后,等你做好准备接受审讯,理智和意志心急火燎地准备抵抗,他们却又让你等待,徒然无谓地等待,等待一小时、两小时、三小时,直等到你身心交瘁后再受审。那一天是七月二十七日,星期四,他们让我等待的时间特别久,我就站在接待室里等了足足两个小时。我之所以对这个日子记得如此清晰还有一个特别原因,不言而喻,我是不允许坐下来的,我不得不站了两个小时,腿都要站断了,而接待室里挂着一本日历,而我没法向你解释,由于多么渴望看到印刷品和文字,我就目不转睛地盯着墙上'七月二十七日'这个数字,这寥寥几个字反复地看,我简直想把它们吞进脑子里。然后我继续等待,等待,紧紧盯着那扇门,看它究竟何时会打开,同时我在思考审判官这次会问我什么问题,而我又清楚地知道,他们会问我一些完全不同的问题而不是我要准备回答的问题。可是即便这样,这种站着等待的折磨同时也是一件快事,一种乐趣。因为这个空间至少和我的房间不一样,它要更大一些,有两扇窗而不是一扇窗,没有床,没有盥洗盆,窗台上也没有我打量无数次的那道特别的裂缝。门上的油漆不一样，墙边摆放着一张不同的沙发椅，左边有个档案柜，还有一个有挂扣的衣帽架；挂着三四件湿漉漉的军大衣，是折磨我的那帮家伙的军大衣。也就是说，我有一些新鲜玩意、有一些不同的东西可以打量了，我那双饥渴的眼睛终于可以看到不同的东西了，它们贪婪地抓住每一个细节。我可以观察大衣上的每一个褶皱，譬如，我注意到有一滴水悬浮在一件大衣湿漉漉的衣领上。您或许觉得这种事听起来很可笑，可我怀着不可抑制的兴奋等待着，看这滴水最后是否会沿着那道褶皱流下来，是否还能抗拒万有引力，黏附在上面更久一些——不错，我一刻不停地盯着这滴水数分钟之久，盯得我上气不接下气，仿佛我的性命悬挂于这水滴之上。后来，等到这滴水终于滚落下来，我又数起大衣上面的纽扣来，第一件制服上面是八颗，第二件也是八颗，第三件则是十颗。然后我又比较起几件大衣的翻领，我那双如饥似渴的眼睛以一种我可能难以形容的贪婪抚摸、玩弄、抓住所有这些荒唐可笑的毫不起眼的细枝末节。然后，刹那之间，我的目光直愣愣地停留在一样东西上面。我发现其中一件大衣的一只侧边口袋有点儿鼓鼓囊囊。我走近一点，从那鼓起的东西那种长方形形状，我料想到这个略微鼓鼓的口袋里藏的是什么：一本书！我的双膝开始颤抖：一本书！我有四个月没碰过一本书了，你可以从一本书里看到连成一排的词句，一行行，一页页，一张张，你可以从书里读到并追随这些不同的、新鲜的、陌生的、分散你的注意力的思想，可以把它们敲在脑海里，单单想到有这么一本书，既可以让你陶醉，同时又可以让你麻醉。就像着了魔一样，我的眼睛凝视着那个小拱形，那是这本书在口袋里形成的形状。我的眼睛灼热地巴望着这个毫不显眼的地方，仿佛想要在大衣上烧出一个窟窿眼似的。最后我再也克制不住我的贪婪，情不自禁地靠得更近了。单单想到至少能用双手隔着衣料去触摸一本书，就可以使我的手指乃至指尖的神经狂热起来。几乎在不自知的情况下，我越发向那件大衣靠近。好在那名看守并没有注意到我那显然异样的行为，或许他也觉得，一个人在笔挺地站立两个小时之后，稍稍想往墙上靠一靠，这很自然。最后，我已经离那件大衣非常之近了，于是故意把双手放在背后，好让它们能够不引人注意地触摸到大衣。我摸了摸衣料，隔着衣料真的感觉到有一个长方形的东西，这个东西可以弯动，发出轻微的沙沙响——一本书！一本书！犹如一颗子弹嗖的一声飞过一样，我的脑子里闪过一个念头：你把这本书偷了！也许你能得手，你就可以把它藏在囚牢里，然后慢慢看起来，终于又能看到书了！这个念头刚钻入我的脑海，就像烈性毒药一样产生了作用。我的耳朵突然开始嗡嗡作响，我的心脏开始突突跳动，我的双手冰凉得不听使唤了。但在最初发愣之后，我就不失时机地悄悄朝那件大衣更靠近了一些。我一方面紧盯着看守，另一方面用藏在背后的双手把口袋里的那本书不断地从下往上推。然后，伸手一抓，蹑手蹑脚地往外一拉，就在这转眼之间，那本不是很厚重的小书到了我的手上。直至此时，我才害怕起我干的好事来，可我已经没有回头路了。然而，这书又能藏到哪儿去呢？我把这本书在我背后塞到裤子下面，就是裤子被腰带系住的地方，然后从那儿渐渐地推到臀部，走路时我就可以把书抓住，像军人一样把手贴住裤缝。第一次测试现在开始了。我从衣帽架那里挪开，一步、两步、三步。没问题。只要把手压紧腰带，走路时就可以把那本书抓住。

"然后审讯开始了。这一次审讯要比我以往任何一次都要更费力，因为在我回答问题时，我将我的全部精力，实际上并没有集中在我的供述上，而主要是如何神不知鬼不觉地抓住这本书。还算幸运，这次审讯时间很短，我平平安安地把书带到了我的房间——我不想说出全部细节耽误您的时间,因为有一次,我们刚走到过道中间,这本书从裤腰上危险地滑了下去,我只好装作咳嗽得很凶,弯下腰去,让这本书又平平安安地塞回到腰带下面。可当我携带这本书回到我的地狱,终于独自一人,可又再也不是独自一人时,那是怎样的一瞬!

"现在您可能猜想,想必我会立即拿起书来,观赏一番,捧读起来。绝不是这样!首先我想尽情享受身边拥有一本书的快感,故意延长这种喜悦,使我的神经神奇地兴奋起来,暗自设想这本偷来的书最好是一本什么样的书:首先要印得密密麻麻,包含很多很多字,有着很多很多薄薄的页面,好让我读得更久一些。然后我又希望,这是一部必须用心去阅读的作品,不是肤浅易读之作,而是可以学习、可以诵读的著作,譬如诗歌,而且最好是——这是何其大胆的梦想!——歌德或者荷马的诗歌。可到最后,我再也控制不住我的贪婪之心和我的好奇之心。我伸开四肢躺在床上——这样的话，即便看守突然打开房门，也不会把我逮个正着——颤颤巍巍地从我的腰带下面把书抽出来。

"这第一眼令人失望，甚至令人恼怒至极：我冒了如此巨大的危险偷来的这本书，我怀着如此热切的期待而舍不得翻开的这本书，只不过是一本棋谱，是一百五十盘大师棋局汇编。若不是我的窗户被锁闭得严严实实，在最初的愤怒之下，我真有可能把书从敞开的窗户里扔出去，我应该或者我能够拿这无用的玩意儿去干什么？在上高级中学的时候，作为一个男生，我也像其他绝大多数学生一样，偶尔出于无聊也试着下盘棋。可是这种理论的玩意对我有什么用呢？你没有对手可怎么下棋，更别说没有棋子和棋盘了。我闷闷不乐地把这本书的每一页浏览了一遍，期望或许还能找到一些可读的东西，一篇序言，一篇指南；可我什么也没有找到，除了每一盘的大师棋局，正方形的图表，没有文字，图表下方的符号起先我并不理解，a2—a3，Sf1—g3，等等。我觉得所有这一切就像是找不到答案的代数。渐渐地，我才解开谜题，a、b、c这些字母代表的是纵列，从1到8的数字代表的是横列，然后就确定了每一个棋子各自的位置。这种纯粹的图表由此至少有了一种语言。我在考虑，或许我可以在我的牢房里设计出一个类似棋盘的东西，然后试着按照棋谱把这些棋局重下一遍。好像是老天给我的暗示一样，我的床单恰好是大方格图案的。把床单正确地折叠起来，到最后就可以摆出六十四个方格来。也就是说，我先把这本书藏在床垫下，把第一页撕了下来。然后我开始用吃过的面包积攒下来的小碎屑捏成国王、王后等棋子，不言而喻，捏得很可笑，不成样子。费了九牛二虎之力，我总算可以在有方格图案的床单上复原那本棋谱上标出的各个位置。我把一半的棋子用灰尘抹得更黑一些，以示区别。起初，当我试图把整盘棋按照棋谱复盘时，我因为这些可笑的面包屑棋子彻底失败了。刚开始几天，我总是不停地搞混。一盘棋我就得反复不断地从头开始，五次、十次、二十次。可是，我是虚无的奴隶，世界上有谁像我这样拥有那么多未加利用的无谓的时间？又有谁拥有那么多不可估量的贪婪和忍耐？六天过后，我已经能把这盘棋完美无瑕地下完了。再过八天，连床单上的面包屑棋子我都不用摆上，照样能具化棋谱上标示的每个棋子的位置。又过了八天，连方格图案的床单我都觉得是多余的了；棋书上那些起初感到抽象的符号 a1、a2、c7、c8 在我脑子里自动地转化成了看得见的具体的位置。这种转化大获成功：我把棋盘和棋子投射到心里，单单凭着这些公式，也能纵览棋子各自的位置，犹如一位训练有素的音乐家，只需看一眼总谱，就足以使他听见各种器乐的声音及其和声。又过了十四天，我可以毫不费力地背出书上的每一盘棋——或者，用专业术语表述，是可以下盲棋了。直到现在我才开始懂得，我这大胆的偷窃行为带给我多么无法估量的享受。因为我突然有事可做了——您可以说这是一件没有意义、没有用处的事情，可它毕竟是一件事，可以把我身边的虚无赶尽杀绝。我有了这一百五十盘棋谱，我就有了一件神奇的武器，去对付那单调无聊得令人窒息的时间和空间。为了毫不动摇地保持这件新鲜活动对我的吸引力，从现在开始，我仔细分配每天的时间：上午下两盘，下午下两盘，晚上再很快地温习一遍。我原来的日子像明胶一样无形无状地延伸着，而这样一来，我的时间则被排满了。尽管忙忙碌碌，但我并不感到疲惫，因为下棋具有一种不可思议的优点，将智力专注在一个非常狭小的范围里，即便费尽心机地再三思考，也不会导致大脑萎缩，相反，只会增强大脑的灵活和张力。起先我只是机械地模仿大师的棋局，渐渐地，一种对棋局带有艺术而有趣的理解开始在我心中苏醒。我懂得了进攻和防守之间的微妙、谋略和精准，掌握了超前思考、推理联想和重新布局的技巧，不久之后我就能从每一个大师的布局中绝对无误地认出他的个性特点，正如读上几行诗就能确定是哪位诗人的诗作一样。一开始下棋只不过是为了消磨时光，现在则成了一种享受，像阿廖辛、拉斯克、波哥留勃夫、塔塔科维尔这些伟大的象棋统帅们的形象，如同亲爱的伙伴一样，走进了我的孤独寂寞的世界。有了这无穷无尽的消遣，我这间寂静无声的囚室每天充满勃勃生机，恰好这有规律的反复操练，使我的思考能力重获已经受挫的自信。我感觉我的脑子重新焕发活力，通过持续不断的思维训练，甚至好像变得更敏锐了。我的思考更清晰、更专注，尤其在审讯时这一点得到了证实。我在不知不觉中将棋盘上抵御虚假的威胁和隐藏的诡计的本事训练得日臻完善；从那个时候开始，我在受审时再也不露出任何破绽，我甚至觉得盖世太保们渐渐开始怀着某种敬意来打量我。眼看着其他所有人一个个崩溃，或许他们暗自发问，我是从哪个秘密源泉里独自汲取如此不可动摇的抵抗力。

"我日复一日有系统性地把那本书的一百五十盘棋照着棋谱一一复盘，这段幸福时光大约持续了两个半月至三个月。然后我突然陷入僵局。忽然之间，我重新面临虚无。因为等我每盘棋都下了二三十遍之后，它就失去了新鲜和惊讶的刺激感觉，先前那种令人兴奋、令人激动的力量消耗殆尽。每一步棋我都已经背得滚瓜烂熟了，一次又一次地重复这样的棋局，有什么意义呢？我刚开局，接下来的过程仿佛在我脑子里自动展开，不再有惊讶，不再有紧张，不再有问题。为了让自己忙碌起来，为了向我提供早已变得不可或缺的劳顿和消遣，我其实需要另外一本有着其他棋谱的书。可是，因为这是完全不可能的，所以在这一奇特的歧途上，只有一条路可走：我不得不发明新的棋局以代替旧的棋局；我不得不试着和我自己下棋，或者更确切地说，是跟我自己对弈作战。

"我不知道，对这种'游戏中的游戏'的智力状况，您曾经思考到何种程度。但只需粗略一想就足以明白，下棋和偶然事件无关，它是一种纯粹的思维游戏，所以，从逻辑上看，想要和自己对弈意味着荒唐可笑。象棋之所以魅力无穷，其实仅仅在于下棋的对策是在两个不同的大脑里依照不同的思路形成的，在这场智力战中，黑方不知道白方的计谋，因而设法不断地猜出并粉碎这种计谋，而另外一方面，白棋这边也要努力破解黑方的秘密意图并予以回击。一旦现在黑方和白方都是同一个人，那就出现了一种不合乎情理的情况，也就是说，同一个大脑对同一件事既应该知道，同时又不应该知道。这个大脑作为白方行使职责时，要能够奉命完全忘记一分钟之前作为黑方时的想法和意图。这样一种事实上以意识的完全分裂作为前提的双重思考，就像一件机械装置一样，能够随意打开或者关上。所以说，想要和自己对弈作战，也就意味着一种自相矛盾，犹如跨跃自己的影子一样违背常理。

"好了，长话短说，我在绝望之中竟然尝试去做这种不可想象的荒谬绝伦的事情长达数月之久。我别无选择，只能去干这种违背常理的事情，才不至于完全发疯，或者彻底陷入智力衰竭。这种可怕的处境迫使我至少尝试将我自己分裂成黑方的我和白方的我，免得被我周围恐怖的虚无压倒。"

B博士向后倚靠在躺椅上，眼睛闭了一会儿，仿佛想要强压住一段令人心烦意乱的回忆。他的左边嘴角又出现了那种可疑的抽搐，那是他难以掌控的。然后他在躺椅里稍稍直起身子。

"行，到这里为止，但愿我已经把所有的一切都向您解释得相当清楚了。不过很遗憾的是，我自己完全没有把握，是否还能像之前那样把接下来的事向您同样解释清楚。因为这种新的活动要求大脑保持绝对紧张，以至于大脑不可能同时进行任何自我控制。我已经向您提到过，我认为想要和自己对弈作战，这本身就很荒谬，但是假若你的面前有一个真实的棋盘，那么这种荒唐的行为至少还有一丁点儿的机会，因为有了一个真实存在的棋盘，它毕竟还允许彼此之间有着一定的距离，允许拥有实质上的治外法权。面对一张真实的棋盘，摆上了真实的棋子，你可以安排停下来思考的时间，可以将自己的身体一会儿移至桌子的这一边，一会儿又移至另一边，以便于一会儿从黑方的立场出发，一会儿又从白方的立场出发密切关注棋局动态。但是，正如我被迫将这场抗击自己的比赛——或者您愿意的话——将这场自我对决投射到一个想象中的空间里，我也只好被迫在我的意识里把各个棋子的位置清清楚楚地固定在六十四个格子里，此外，不仅记住暂时的棋局，而且还要算出双方接下来可能要走的棋，而且——我知道，这一切听起来有多么荒唐可笑——我要双倍、三倍地想象，不，六倍、八倍、十二倍地想象，为每一个我，黑方的我和白方的我，都要事先想出四五步棋。我必须——请原谅，我不能苛求您仔细考虑这种疯狂的事情——在这个想象的空间里下棋时，作为白方棋手事先算出四五步棋，与此同时，作为黑方棋手也必须事先算出四五步棋。也就是说，从某种意义上而言，我必须事先用两个大脑推算出在棋局发展中产生的各种局势，既要用白方的大脑，又要用黑方的大脑。但是，在这一深奥难解的实验中，即便是这种自我分裂，也还不是最危险的，而最危险的乃是独自想出双方的棋局，导致失去立足之地，突然陷入无底深渊。在之前那几个星期里，我只是对大师的棋局进行复盘操练，仅仅是模仿的成就，纯粹推演已经存在的材料，因而不会比背诵诗歌或者熟记法律条文更费劲，这样的活动受制约、守纪律，也因此是绝佳的脑力劳动。每天上午和下午我都各下两盘棋，这成了我的固定功课，我不用投入任何激动即可完成。它们弥补了我无法从事的正常工作，此外，如果我在下棋过程中走错了，或者不知道接下来怎么走，我始终还可以依靠这本书。这个活动之所以对我受到损害的神经如此具有疗效，更确切地说如此起到镇静作用，是因为重新演绎别人的棋局不会把我自己卷入搏杀之中。不管是黑方取胜，还是白方取胜，我都无所谓，争夺冠军头衔的毕竟是阿廖辛或者波哥留勃夫，而我本人，无论我的理智也好，我的心灵也罢，只是作为观众、作为行家享受那些棋局的跌宕起伏和赏心悦目。可是从我试图和我自己对弈的那一刻起，我开始不知不觉地向自己挑战起来了。黑方的我和白方的我，两个我当中的任何一个我，都必须互相竞争，每一个我都志得意满，焦急难耐，想要马到成功，想要旗开得胜。作为黑方的我，渴望知道白方的我将会走哪一步棋。只要另一个我走错一步棋，两个我当中的任何一个我就会欢欣鼓舞，同时对自己的昏着则会郁郁寡欢。

"这一切看起来毫无意义，事实上，这样一种人为的精神分裂症，这样一种意识分裂，再加上危险的情绪激动，在正常的情况下，发生在一个正常人身上真的是难以想象的。不过您别忘记，我已经被他们使用暴力从一切正常状态中拽拉下来，我是囚犯，遭受无辜监禁，被他们狡猾地用寂寞孤独折磨了数月，早就想把蓄积已久的愤怒对着什么东西发泄出来。由于我一无所有，只有这种荒唐的自我对弈，所以，我的愤怒、我的复仇欲就狂热地投入这种游戏之中。我心里某种东西想要证明是对的，而我心里却只有另一个我是我能够与之战斗的，所以下棋时我会越来越激动，几近躁狂。起初我思考时还能做到镇定自若、深思熟虑，在两盘棋之间还插入休息时间，好让我从劳累中恢复过来；但是渐渐地，我那受到刺激的神经再也不允许我等待下去了。白方的我刚走一步棋，黑方的我就已经迫不及待地出手了；一盘棋刚下完，我就向自己挑战下一盘了，因为每一次对弈时，那两个我中的一个我会被另一个我战胜，然后想要报仇雪恨。我永远无法确切地说清楚，在最后几个月里，由于这种荒谬可笑的贪得无厌，我在囚室里究竟和自己下了多少盘棋——或许一千盘，或许更多。这是一种走火入魔，是我无法摆脱的；从早到晚，我心心挂念的唯有象、卒、车、国王、a、b、c、将军以及王车易位，我的整个身心都被逼到这个方格子里去了。下棋的欢乐变成了下棋的欲望，下棋的欲望又变成了下棋强迫症，变成了躁狂症，变成了疯狂的愤怒，它不仅在我清醒的时刻纠缠不休，也渐渐侵入我的睡眠之中。我只能推想象棋的事，推想棋子的移动、下棋碰到的难题。有时我醒过来，额头上冒着汗水，才发现想必在睡梦里我也在不自觉地继续下棋，假若我梦见人了，那么这个梦也是在象、车移动，或者马在前后跳跃的时候做的。即使被提审时，我也不会再稍稍想到我的责任；我觉得在接受最后几次审讯时，我的表达一定相当语无伦次，因为那些审判官们时不时讶异地面面相觑。可是实际上，就在他们盘问和商议时，我怀着不祥的贪婪，只是等待着被押回囚室，好继续下我的棋，疯狂地下我的棋，重新下一盘，再下一盘，接着再下一盘。每一次中断都会令我神经错乱，即便看守清理囚室的那一刻钟，他给我送来饭菜的那两分钟，也都使我那焦躁不安的心情备受折磨。有时候到了夜晚，那盘午饭还搁在那儿一动未动，我下棋下得竟然忘记了进食，而我肉体上唯一感觉到的则是可怕的口渴难耐，恐怕是因为不断的思考和不断的下棋早已导致急火攻心了吧；我两口就把一瓶水喝完了，纠缠看守给我送来更多的水，然而下一个瞬间，我又觉得口干舌燥了。最后，从早到晚我再也不干其他任何事情，而我下棋时的激动不安加剧到了这样一种程度——我都不能闲坐在那里哪怕片刻工夫。在思考棋局时，我不停地走来走去，越走越快，越是接近决定胜负的时刻就越容易激动。想要赢棋、想要获胜、想要打败自己的欲望，渐渐变成了一种愤怒，我急不可耐，浑身颤抖，因为在我心里，持一方棋子的我总觉得持另一方棋子的我走得太慢。一方的我催促着另一方的我落下棋子；您或许觉得这也太滑稽可笑了，若是我身上的一个我觉得另一个我还击不够快，我就开始责骂自己：'快点儿，快点儿！'或者'快走，快走！'。如今，不言而喻，我非常清楚的是，我的这种状况已经完全是一种精神过度刺激的病理形式，我找不到其他名称，只好给它取了一个迄今为止没有命名的医学术语：象棋中毒。最后，这种偏执的走火入魔不仅开始侵袭我的大脑，也开始侵袭我的身体。我日渐消瘦，我睡不踏实，茫然不知所措。每次醒来，我都需要特别费劲地强迫自己睁开像铅一样沉重的眼皮；有时候我觉得自己太虚弱了，以至于当我伸手去拿水杯，只能吃力地把水杯送到唇边，我的双手颤抖得很厉害；可是一俟棋赛开始，一种疯狂的力量就已经侵袭我了。我攥紧拳头走来走去，犹如隔着一层红雾那样时而听到自己的声音，喉咙沙哑且恶狠狠地对着自己大吼一声：'将军！'

"这种可怕的难以形容的状况是如何变成危机的，连我自己都无法叙述。我只知道一件事，一天早晨我醒来，而这次醒来和平时不同。我的身体仿佛和我分开了，我舒适愉快地安睡着。一种浓浓的倦意惬意地压在我的眼皮底下，那是我几个月来不曾有过的，如此温暖而舒心，我起先都无法下定决心把眼睛睁开。我醒着又躺了好几分钟，仍然享受着这种沉重的麻木状态，人慵懒地躺着，感官犹如肉欲般令人陶醉。突然，我觉得仿佛听见身后有声音，活生生的人说话的声音，您无法想象我的狂喜，因为几个月来，将近一年来，除了从法官席上传来的粗鲁、刺耳、狠毒的话，我没有听见过别的话。'你在做梦！'我对自己说，'你在做梦！千万别睁开眼睛！让这场梦继续下去吧，否则你又会看见你身边那个该死的囚室、那把椅子、那只盥洗盆以及那图案永远不变的裱糊纸。你在做梦——继续做下去吧！'

"但好奇心还是占了上风。我小心翼翼地慢慢张开眼皮。奇迹发生了：我躺在另外一个房间里，这个房间要比我饭店的那个囚室宽敞一些。窗户上没有装铁栅栏，阳光可以毫无遮拦地射入房间，可以望见窗外那些在风中摇曳的绿树，我看到的不再是那堵呆板的防火墙，而是雪白平滑的墙壁，天花板在我身体上方又白又高——真的，我躺在一张崭新而陌生的床上，而且真的，这不是一场梦，有人在我身后轻声低语。想必在惊异之下我不由自主地猛烈动弹了一下，因为我马上听见脚步声向我走近。一名女子迈着轻盈的步伐走过来，头上戴着一顶白帽，是一名女护理人员，一名女护士。一阵狂喜侵袭我的全身，我已经有一年没有看到过一个女人了。我目瞪口呆地凝视着这个可爱的人儿，我那种目光一定很狂野、兴奋，因为那名女子走近我，急切地抚慰道：'冷静！请保持安静！'可我只是在倾听她的声音——这不是有人在说话吗？难道这世界上还真有人不审问我、不折磨我吗？而且还是——不可思议的奇迹！—— 一个温柔、温暖、简直是体贴入微的女人声音。我贪婪地盯着她的嘴，因为在这地狱般的一年里，我都觉得一个人不太可能和另一个人如此亲切友好地说话。她对我微笑着——对，她在微笑，居然还有人亲切友好地微笑，然后她把手指放在嘴唇上提醒我别作声，然后轻手轻脚地走开了。但是我不能听从她的指令。我还没有看够这个奇迹。我使劲地想在床上直起身子，好目送她离去，目送这个堪称奇迹的善良的人儿。可是，我想要在床沿直起身子，却直不起来。原本在我的右手所在的地方，即手指和关节，我感觉到有种陌生的东西,又粗又大又白的一团,那显然是一大圈绷带。我起先目不转睛地看着手上这个白色粗大的陌生东西,茫然不解,然后慢慢开始明白我在哪儿,开始苦思冥想我可能出了什么事。一定是他们打伤了我,要么是我弄伤了自己的手。我原来躺在医院里呢。

"中午,医生过来了,一位和蔼友善的中年男子。他知道我们家族的姓氏,并且那么毕恭毕敬地提及我那位当过御医的叔叔,以至于我马上感觉到他对我是一番好意。接下来他问了我各种各样的问题,尤其是一个令我感到惊讶的问题——我是否是数学家或是化学家,我说两者都不是。

"'好奇怪,'他喃喃自语,'您在发烧时一直叫嚷着非常奇怪的公式,c3,c4。我们大家都听不懂您在说什么。'

"我向他打听我出了什么事。他可疑地微微一笑。

"'并不是什么严重的问题。急性的神经错乱,'

他先是小心翼翼地东张西望，然后轻声补充道，'毕竟这也是相当可以理解的。在三月十三日[1]之后，对吧？'

"我点了点头。

"'在这种方式方法之下，出这种事毫不奇怪，'他喃喃道，'您不是第一个。不过您不必担心。'

"从他叫人放心地对我轻声低语的样子，再加上看到他那劝慰的目光，我知道在他这里很安全。

"两天过后，这位好心的医生才相当坦率地告诉我之前究竟发生了什么事。看守听见我在囚室里大喊大叫，起先以为有人闯入而我在跟那人起了争执。可等他一出现在房门口，我就朝他猛扑过去，突然歇斯底里地对他狂呼乱叫，听上去好像在说'你走棋呀，你这个流氓，你这个胆小鬼！'说完我就想要掐住他的喉咙，最后对他发疯似的袭击，

---

[1] 1938年3月13日，奥地利被希特勒统治下的德国吞并，德军进入奥地利。

他不得不大喊救命。在我狂怒发作之下他们拽着我去找医生检查时，我突然挣脱开了，冲向走廊里的窗户，打破了窗户玻璃，也因此把手给划伤了——您还可以看到这里的伤疤很深。在医院的头几个夜晚，我大脑处于狂热状态，但是现在他发觉我的意识已经完全清醒了。'不过，'医生又轻声补充了一句，'这一点我最好还是不要禀告那帮先生们了，否则他们到头来又要把您送回到那儿了。请您相信我，我会尽力而为。'

"这位乐于助人的医生向折磨我的那些人报告了一些什么，这我不知道。至少他达到了他想达到的目的：我获释了。有可能他宣布我已经没有犯罪行为能力，或许在此期间我对于盖世太保而言已经变得无足轻重，因为希特勒此后已经占领了波希米亚，由此奥地利问题对他来说已经解决了。所以我只需签字承诺十四日内离开我们的祖国，而这十四日我被数不清的手续排满了，从前说走就走的世界公民如今因为出国旅行就得办理这么多手续——军人身份证明、警察局证明、缴税证明、护照、签证、健康证明——因此我没有时间对之前发生的事多加思考了。看来我们的大脑里拥有起到调节作用的神秘力量，凡是让我们的心灵感到讨厌和危险的东西，可以被自动排除，因为每当回想起我在囚室度过的时间，我的大脑几乎如灯灭一般没有任何记忆。直至一周周过去，其实是到了这里的船上之后，我才重新找到勇气，意识到自己发生了什么事。

"现在您就会理解，为什么我在您那些朋友面前如此无礼，甚至令人费解了。我真的只是完全碰巧溜达到吸烟室，才看见您的朋友们坐在棋盘前下棋。出于诧异和惊骇，我不由自主地感觉我的脚仿佛生了根似的。因为我已经完全忘记了大家可以用真正的棋子在一张真正的棋盘前下棋，我忘记了两个完全不同的人可以彼此活生生地面对面坐着下棋。我的确花了好几分钟才回想起来棋手们在那儿所做的事，跟我在无可奈何之下拿自己当对手下了好几个月的，大体上是同一种游戏。我在满腔愤怒的练习中勉强使用的代号，其实只不过是替代品，是这些象牙制棋子的象征。我很惊讶这些棋子在棋盘上的移动，和我思维空间想象中的棋子移动是一模一样的，这种惊讶或许和天文学家的惊讶相类似：天文学家采用复杂的方法在纸上计算出一颗新的行星，后来果不其然在天空中看到有一颗皎洁晶亮、具有实体的星星。犹如被磁铁吸住似的，我盯着那张棋盘看，看见我的那些代码在那里——马、象、国王、王后、卒，都成了用木头刻成的真正的棋子。为了纵观整个棋局，我不由自主地先将这些棋子从抽象的数字符号世界里退出来，重新突变至有真实棋子在移动的世界里。渐渐地，我被好奇心攫住了，想观察一下两个棋手之间真正的比赛。于是后来发生了令人尴尬的一幕，我忘记了任何礼仪，插手你们的棋局。可是您那位朋友走错的那步棋犹如针刺一样击中我的心。我把他拦住，纯粹是一种本能行为，是一时冲动采取的行动，正如看见一个小孩朝栏杆弯下腰去，你会不假思索地一把抓住他一样。直至后来我才意识到自己粗鲁冒失，由于这种急不可耐而如此失礼。"

我赶紧向 B 博士保证，因为这次偶然事件得以和他相识，我们大家都很高兴，在他向我透露了这一切之后，我对明天能够观看这场即兴比赛倍感兴趣。B 博士做了一个不安的手势。

"不，您真的不要期望过高。对我而言，这无异于一次试验……试试我……我究竟能不能下一盘正常的棋，一盘棋，在一张真正的棋盘上，有着具体的棋子，还有一个活生生的对手……因为我现在越发怀疑，我下过的那几百盘棋，或许那几千盘棋，是否真的是合乎游戏规则的棋局，而不只是梦中棋局，大脑处于狂热状态时的棋局，而在这种热病状态时就和在梦里一样，总是会出现中间断片的情况。但愿您不会真的期望我可以向一位象棋大师叫板,甚至还是世界排名第一的大师。让我感兴趣并且让我热血沸腾的,唯有那种事后的好奇心罢了,只是想断定我当时在囚室里所干的事究竟是在下棋,还是发疯的表现,是否我当时恰好处在危险的礁石之前,还是已经越过了这块危险的礁石。仅此而已,只是仅此而已。"

这时从船尾传来了锣声,呼唤乘客去用晚餐。我们想必聊了几近两个小时,B博士向我叙说的一切要比我在这儿概括的详细得多。我向他表达了衷心的感谢,然后同他告别。可我沿着甲板还没走几步,他就追了上来,最后又补充了几句,他显得精神烦躁,甚至有点支支吾吾起来:

"还有一件事!请您务必事先转告那些先生,别让我事后显得无礼,我只下一盘棋……那只不过是想要了结一笔旧账而已——是彻底了断,而不是重新开始……我不想第二次陷入这种激烈的象棋狂热之中，现在回想起来依然令我不寒而栗……而且此外……此外，医生当时也警告过我……特别警告过我。有过狂躁症状的任何人，将会终身受到损害，而一旦'象棋中毒'，即便已经被治愈，也最好不要再靠近棋盘……所以您就能明白——我只能下这一盘作为试验，绝不多下。"

次日下午三点，一到我们约定的时间，大家准时相聚在吸烟室里。我们这群人里还增加了两名象棋爱好者，是船上的两名高级船员，他们特地请假来观摩这场比赛。岑托维奇也没有像昨日那样让我们等他。在按照惯例挑选好棋子的颜色之后，一盘值得纪念的棋开始了，由无名氏对垒这位著名的世界冠军。我感到很遗憾的是，这盘棋仅仅是为我们这些完全没有专业能力的观众在下，象棋年鉴里并没有收录这盘棋的棋谱，正如音乐界没有留下贝多芬的钢琴即兴曲一样。虽然在接下来的几个下午，我们试图一起根据记忆对这盘棋进行复盘，却也是白折腾一场；或许在他们比赛期间，我们对这两个棋手的关注太过热情，因而忽略了棋局本身。因为在下棋过程中，从外表和举止看，这两个对手在智力上的对比，越来越形象地体现在身体上。在整段时间里，岑托维奇这位老手，像岩石一样一动不动，两只眼睛耷拉在棋盘上，目光严肃而呆滞；思考在他那里简直像是在消耗体力，迫使他的所有器官处于高度专注状态。相反，B博士则是一副完全轻松自如、无拘无束的模样。业余爱好者这个词最优美的含义，就是在游戏中唯有游戏本身能带给他们欢乐。作为一个真正的业余爱好者，他让自己的身体完全放松下来，在一开始几步棋的间隙时间里，他和我们边聊天边解释，潇洒地点上一支香烟，轮到他走时才盯着棋盘看上一分钟。看起来好像他早就事先预料到对手会走这一步棋了。

一开局按照惯例走的几步棋走得相当快。直至七八步棋的时候，似乎才形成一套特定的战术。岑托维奇延长了他的思考时间,我们由此感觉到争夺优势的真正战斗打响了。不过说句实话,和每一次真正的棋赛一样,对我们这些门外汉而言,逐渐演变的棋局相当令人失望。因为这些棋子越是彼此交织成一种奇怪的图案,我们就越是难以看透真正的棋局。我们既看不出这一方对手的目的,也看不出另一方对手的目的,而且也看不出两个对手之中究竟谁占据了优势。我们只是觉察到每个棋子像杠杆一样移动,都想要突破敌方的前线阵地,可是因为这些高手每走一步都要预先推断出之后的好几步棋,我们却无法领会这样来来去去的战略意图。此外,渐渐地,还伴随着一种令人麻木的疲惫,主要归咎于岑托维奇思考起来没完没了,这显然也开始令我们的这位朋友烦躁不安起来。我忧心忡忡地观察到,这盘棋赛拖延时间越长,他越是坐立不安地在椅子上动来动去,一会儿因为神经紧张一支接一支地抽着香烟,一会儿抓起铅笔,想要记下些什么。然后他又要了一瓶矿泉水，匆匆忙忙一杯接一杯地灌下肚，显而易见的是，他对棋局的推断要比岑托维奇快上一百倍。每当岑托维奇在没完没了的考虑之后决定用他沉重的手往前挪动一个棋子，我们的这位朋友仿佛一个人看见一件期待已久的事终于发生了一样，只是微微一笑，紧接着回了一步棋。他的大脑思维飞快，他一定是把对手的所有可能性都预先算出来了。因此，岑托维奇做出决定的时间拖得越长，B博士就越没有耐心，等待时嘴唇四周露出一种几近敌意的愤怒神色。但是岑托维奇绝不容许他人催促他，他固执而沉默地思考着，棋盘上的棋子越少，他停顿的时间就越长。走到第四十二步棋时，已过了足足两小时四十五分钟，我们围坐在棋桌旁边，全都精疲力竭，几乎毫无兴趣了。一位高级船员已经走了，另一位拿了一本书在阅读，只在双方移动棋子时才离开书本看上一眼。然而就在这时候，岑托维奇走了一步棋，出人意料的事情突然发生了。一发觉岑托维奇抓起马要往前跳，B博士就像准备跳跃的猫一样缩起身体。他全身开始颤抖起来，岑托维奇刚走好马，他就急速把王后往前一推，得意扬扬地高声嚷道："好了！解决了！"说完身子往后一靠，两臂交叉在胸前，用挑衅的眼神望着岑托维奇。一道炽热的光芒蓦然在他的瞳孔里闪烁。

我们全都不由自主地俯身去看那棋盘，想弄明白他如此得意扬扬地预告的那一步棋。粗略一看，没看出有什么直接的威胁。也就是说，我们这位朋友表达的意思一定是指接下来的发展，我们这些业余爱好者想不到那么远，一时半会儿还算不出来。听见那句挑衅的预告之后，唯独岑托维奇纹丝不动，他泰然自若地坐在那儿，仿佛完全没有听到这句侮辱人的"解决了！"的话。什么事都没有发生。我们不由分说，全都屏住呼吸，突然听见那只闹钟的滴答声，那是放在桌上用来计算走棋时间的。三分钟，七分钟，八分钟过去了，岑托维奇依然纹丝不动，可我觉得他那厚鼻孔好像因为内心的紧张而张得更大了。和我们一样，我们这位朋友似乎同样难以忍受这种沉默无声的等待。突然之间，他猛地站起身来，开始在吸烟室里来回踱步，起先很慢，然后加快了速度，越走越快。我们全都有些讶异地看着他，但是没有人比我更焦躁不安，因为我注意到，他这种来回踱步尽管很激动，但他的步伐始终限定在相同的空间范围内，仿佛他每一次在这个空荡荡的房间中央都会碰到一道无形的栅栏，迫使他回过头来。我不寒而栗地断定，他这样的来回踱步不自觉地再现了他昔日那间囚室的范围：在被囚禁的那几个月里，他一定就是这样来来回回走着，犹如一只被关在牢笼中的动物，恰恰就是双手痉挛、肩膀耸着这种样子；他就是来来回回在那儿走了千百次，目光呆滞而狂热，闪烁着疯狂的红色光芒。然而，他的思考能力似乎还完全没有受到损害，因为他时不时心急火燎地把身子转向桌子，看岑托维奇在这段时间里是否已经做出了决定。可是九分钟过去了，十分钟又过去了。然后，我们谁也没有料到的事情终于发生了。岑托维奇缓缓地举起他那只沉重的手，这只手在此之前一直一动不动地搁在桌子上。我们全都急切地看着他会做出怎样的决定。可是岑托维奇没有走棋，却是用翻过的手背果断地一推，把所有棋子缓慢地推出棋盘。稍过片刻，我们才恍然大悟：岑托维奇放弃这盘棋了。他缴械投降了，以免在我们面前明显地被将死。难以置信的事发生了：这位世界冠军，这位无数次赢得比赛的冠军，在一个无名之辈面前认输了，而后者在之前二十年里甚至二十五年里未曾摸过真实的棋盘。我们的朋友，一个匿名者，一个默默无闻的小卒，在公开的比赛中战胜了世界上最强大的棋手！

在兴奋激动之下，我们一个个不知不觉地站了起来。我们每一个人都觉得必须说点什么或者干点什么,来发泄一下我们惊喜交加的感觉。只有岑托维奇一动不动,心静如水。过了相当长的一段时间,他才抬起头来,用他呆滞的目光看着我们的朋友。

"还要下一盘吗?"他问道。

"那自然啰!"B博士回答道,带着一种让我感觉不舒服的兴奋。他径自坐了下来,急急忙忙把棋子重新摆好,我都没来得及提醒他事先打定主意只下一盘的承诺。他挪动棋子的动作太过猛烈,有一个卒子两度从他瑟瑟发抖的指缝间滑落到地上。面对他这种不自然的激动状态,我先前那种令人尴尬的不快此刻升级成为一种恐惧。因为这个原本如此沉静而安宁的人显然兴奋过度了,他嘴角四周的抽搐越来越频繁,他的身体战栗不止,仿佛因为一场突如其来的高烧而颤抖。

"别下了!"我在他耳边低语道,"现在别下了!今天您就到此为止吧!对您来说,这事太吃力了。"

"吃力！哈哈！"他哈哈大笑，笑声里含着恶意，"要不是这么磨磨叽叽，我早就可以下他个十盘八盘了！我唯一觉得吃力之处是不能在这种速度下睡着！——行了！您现在开始吧！"

这最后几句话是他在和岑托维奇说，说话口气激动，近乎粗鲁。岑托维奇虽然平心静气、从容不迫地看着他，但他那冷漠的目光有点像一只攥紧的拳头。忽然之间，这两个棋手之间出现了一种新鲜的东西，一种危险的紧张情绪，一种强烈的深仇大恨。他们不再是借机玩一玩来比试一下彼此能力高低的棋友，而是两个发誓要置对方于死地的敌人。岑托维奇犹豫再三才走出第一步棋，而我明显感觉到他是故意拖延这么久。这位训练有素的战术家显然已经看出来，他恰好可以借用自己的缓慢使对手感到疲惫不堪、烦躁不安。所以他至少用了四分钟时间，才下了开局最普通、最简单的一步棋，按照惯例把王前卒向前动了两格。我们这位朋友立刻把他的王前卒也向前推了出去，但岑托维奇马上又停顿了下来，这种没完没了的停顿简直叫人难以忍受；犹如一道强烈的闪电落下，大家怦怦跳动的心在等待雷声响起，可是雷声就是迟迟不来，岑托维奇纹丝不动地坐着。他在沉思，平静而缓慢，正如我越来越清楚地感觉到的那样，缓慢得恶毒；可这么一来，他就给了我足够的时间去观察 B 博士。B 博士刚把第三杯水灌下肚去；我不由得想起他向我提及在囚室里那种发烧似的口渴。他身上异常激动的所有症状已经明显地表现出来。我看到他的额头上冷汗淋漓，手上的伤疤比之前更红、更深。但他还能控制住自己。直至第四步棋，岑托维奇又是没完没了地思考时，B 博士才沉不住气了：

"您可得走一步棋呀！"

岑托维奇冷冷地抬头看了一眼。"据我所知，我们有约在先，走一步棋有十分钟时间。原则上我不会少于这个时间下棋。"

B博士咬住嘴唇。我发觉他的鞋后跟在桌子底下烦躁不安地敲打着地板，而且越发烦躁不安。我自己也不由得越来越神经过敏，因为令人窒息地预感到他身上正酝酿着某种荒唐愚蠢的东西。果然，下到第八步时，一波未平一波又起。B博士等得越来越克制不住自己，再也无法控制他的内心激动，他在座位上动来动去，开始不自觉地用手指敲击着桌子。岑托维奇又一次抬起他那笨重而土气的脑袋。

"我可以请您别敲桌子吗？这会打扰到我。这样我没法下棋。"

"哈！"B博士短促地笑了一声，"看出来了。"

岑托维奇额头涨得通红。"您这是什么意思？"他问道，语气严厉而恶意。

B博士又一次短促地笑了一声，带着狡黠。"没什么，只不过您显然非常烦躁。"

岑托维奇一声不吭，头耷拉着。

七分钟过后，他才走了下一步棋，而这盘棋就以这种致命的速度拖拉进行。岑托维奇越发像是石化了一样,到最后总是用完约定的思考时间,才决定走下一步棋,而从一步棋到下一步棋的间歇,我们这位朋友的举止变得越发古怪。看起来好像他根本不再关心这盘棋,而是在忙着完全与此无关的另外一件事情。他不再激动地来来回回晃动,而是一动不动地坐在自己的座位上。他目光呆滞,几近迷乱,凝视着前方,一刻不停地嘟哝着一些含糊不清的话。他要么迷失在无穷无尽的棋局推论之中,要么他是在——这是我内心深处的怀疑——构思完全不同的棋局,因为每当岑托维奇终于下了一步棋,别人总得提醒他,把他从心不在焉的状态中唤醒回来。随后他每次只需花上一分钟时间,就让自己重新认清当前的棋局。事实上,在这种清醒的疯狂中,他早就把岑托维奇和我们所有的人都忘得精光了,而这种疯狂很可能以某种激烈的形式突然爆发出来,这样的怀疑向我袭来。果然,走到第十九步棋时，危机爆发了。岑托维奇刚挪动好棋子，B博士都没有好好往棋盘上瞧上一眼，突然把他的象往前挪动三格，然后大声叫嚷起来，把我们所有的人都吓得跳起来：

"将！将军！"

我们立即朝棋盘看去，期待他走了一着妙棋。但是一分钟之后，发生了一件我们谁也没有料到的事情。岑托维奇异常缓慢地抬起头来，目光从我们这群人身上一一扫过，在此之前他还从来没有这么做过。他似乎是在深深享受某种东西，因为在他的嘴唇上渐渐浮起一种微笑，心满意足之外明显含有幸灾乐祸。一直等到他充分享受了这个我们仍然觉得不可理解的胜利喜悦，他才转身对我们这群人说话，彬彬有礼中带着虚情假意：

"很遗憾——可我看不出被将军了。难道诸位有谁看出我的王被将军了吗？"

我们朝棋盘看去，然后心神不安地看着B博

士。岑托维奇的王确实——这一点连孩子都看得出来——被一个卒子保护着，完全可以抵挡那个象，也就是说他的王不可能被将军。我们的心不安起来。难道我们的朋友激动之下把一个棋子挪到旁边去了，多挪了一格或者少挪了一格？B博士注意到了我们的沉默，现在也盯着棋盘看了，因为激动开始结结巴巴地说道：

"可是这个王就应该在 f7 上呀……它的位子错了，完全错了。您走错棋子了！这个棋盘上的所有棋子都摆错地方了……这个卒子就应该在 g5 上，而不是在 g4 上……这完全是另外一盘棋……这是……"

说到这里，他突然顿住了。我使劲抓住他的胳膊，或者更确切地说，我狠狠拧了一下他的胳膊，让他即便在伴有发烧的迷惘之中也不得不感觉到我拧了他。他转过身来，像个梦游者，目瞪口呆地凝视我。

"您……想怎样？"

我只说了一声"切记！"，同时用手指抚摸了一下他手上的疤痕。他不由自主地跟随我手指的动作，他的眼睛呆滞地盯着那条血红的伤痕。然后他突然颤抖起来，全身打了一个寒战。

"天哪，"他苍白的嘴唇低语道，"我是不是说过什么荒唐可笑的话，或者干过什么荒唐可笑的事了……难道到头来我又……？"

"没有，"我在他耳边小声说道，"但您得马上中断这盘棋，现在已经是最要命的时候了。想想医生跟您说的话吧！"

B博士猛然站起身来。"我请您原谅我犯下的愚蠢错误，"他用他原本那种彬彬有礼的声音说道，对着岑托维奇鞠了一躬，"我刚才说的话，纯粹是胡说八道，这盘棋自然是您赢了。"然后他又转过身来，对我们说道，"我也要恳请诸位先生多多包涵。不过我事先早就告诫过各位，务必不要对我期望过多。就请各位原谅我的出丑——这是我最后一次下棋了。"他鞠了一躬就离开了,那种神情依然和他最初出现时一样,谦虚而神秘。唯有我知道为什么这个人再也不会去碰一张棋盘了,其他人则有些困惑不解地待在原地,隐隐约约地感觉到,刚才万幸躲过了一件叫人不舒服而且有可能带来灾祸的事。"该死的傻瓜!"麦克柯诺尔在失望之中发着牢骚。岑托维奇最后一个从椅子上站起来,还朝那盘下了一半的残局瞥了一眼。

"多遗憾啊!"他宽容大度地说道,"这波攻势安排得一点儿都不赖。对一名业余爱好者而言,这位先生其实有着非凡的天赋。"

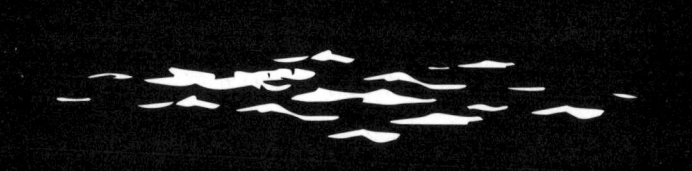

译后记

《象棋的故事》写于1941年和1942年斯蒂芬·茨威格流亡巴西期间，系其生前最后一部作品，也是其最为著名的作品。

故事发生在一艘从纽约开往布宜诺斯艾利斯的客轮上。故事中的"我"是奥地利维也纳人，"我"从一位朋友那里得知，国际象棋世界冠军米尔柯·岑托维奇也在这艘船上，遂引发了"我"的好奇心，想近距离接触和了解这位棋坛怪人。

岑托维奇被一位神父当作孤儿抚养长大。但即便接受过多年的教育，这个孩子始终是一个智力迟钝的乡村男孩，没有明显的天赋，直至在与神父的朋友的国际象棋比赛中获胜。此时此刻，岑托维奇展现了其非凡的国际象棋天赋。

这就是岑托维奇崛起的开始。在乡人的接济下，他得以在维也纳接受国际象棋专业训练，很快掌握了棋艺的奥秘。二十岁时，他终于夺得世界冠军。这一次，他刚刚在巡回比赛中征服了全美，此时正坐船去阿根廷接受新的挑战。

船上还有一位富有的土木工程师，名叫麦克柯诺尔。得知国际象棋世界冠军出现时，他下定决心要与这位世界冠军进行一场较量。岑托维奇同意在支付费用的情况下下棋，但他不仅想和麦克柯诺尔下棋，还想和在场的所有人下棋。国际象棋世界冠军轻松赢得第一局，雄心勃勃的麦克柯诺尔要求复仇。假若故事只是围绕象棋冠军和他们之间的胜负展开，那这个故事就显得平淡无奇了。而恰恰在故事接近三分之一篇幅的时候，真正的主角——陌生人 B 博士——赫然浮出水面。B 博士的自发干预，避免了麦克柯诺尔的第二场失利，B 博士显然是一个比麦克柯诺尔好得多的棋手——至少岑托维奇在

B博士面前表现得就像面对一个真正的对手一样。比赛以平局结束。然而，B博士就此歇手，不愿意再玩一局，这更激发了"我"的好奇心。

B博士是何许人也？获悉他是"我"的奥地利同胞时，"我"被全权委托向他提出我们的请求，由此才了解到他的人生故事：二十世纪三十年代，他是奥地利皇室成员和神职人员的资产管理者。1938年德国入侵奥地利后，希特勒的国社党对他感兴趣，因为他藏匿了修道院的资产。为了获得他管理资产的详细下落，他们将B博士单独监禁在维也纳"大都会饭店"的一个单人房间里数月，该饭店被改建为盖世太保总部所在地。在这个房间里，他没有受到任何干扰，房间里有一扇门、一张床、一只沙发椅、一个盥洗盆，以及一扇装了栅栏的窗户，窗户面对一堵防火墙。经过两个星期的完全隔离，他被带出去接受审讯，他们提出真真假假的问题，陌生恶意的手指在翻阅文件，陌生恶意的手指在往审讯记录里做着记录。如此场景反反复复长达三个月之久,由于精神完全被剥夺,B博士的精神状态恶化了。

有一次,那是7月底,在预审法官的接待室里等待审讯时,他设法从衣帽架上挂着的其中一件军大衣里偷走了一本书。然而,及至他化险为夷地将书携带回自己的单人房间,令他大失所望的是,那本书并非像人们所希望的那样是一部鼓舞人心的文学作品,而是一本著名的一百五十盘国际象棋大师棋局汇编。为了消磨无所寄托的无聊时光,只在高中时期下过国际象棋的B博士开始在与世隔绝的情况下下棋,先是在方格子图案的床单上,后来只是纯粹在脑海里,最后他可以下盲棋了。三个月后,他开始和自己下棋,将自己分裂成黑方的我和白方的我,而事实上,被击败的我在一场比赛后立即强烈要求复仇,最终导致B博士精神分裂,他将其描述为"象棋中毒"。他陷入妄想状态,袭击看守并砸碎窗玻璃，手部严重受伤，被紧急送往医院。他的意识完全清醒之后，那位乐于助人的医生又设法使他获得了自由身……

斯蒂芬·茨威格本人并不是一名优秀的国际象棋棋手，也没有和象棋界建立更密切的联系。作家恩斯特·费德尔在他的回忆录中写到与流亡巴西的茨威格相处的经历："我下棋已经很臭，但他的棋艺更差，以至于我很难让他偶尔赢得一场比赛。"虽然这部小说提及所谓的"西西里开局法"，但对其策略和战术语焉不详，由此也就不难理解了。

《象棋的故事》是对纳粹暴行的揭露和批判。故事中的"我"无名无姓，是一位观察者，并由"我"引出了B博士惨遭纳粹折磨的故事，该故事充满悲观主义色彩。这部小说是茨威格在巴西古城佩特罗波利斯完成的最后一部作品。1942年2月22日夜间至23日凌晨，茨威格留下一封绝命书，和第二任妻子在巴西的寓所双双服毒自杀。

在这封著名的绝命书中,茨威格说自己是"自愿地和神志清醒地"告别人世的,因为他无可奈何地看着自己的精神故乡欧洲被摧毁,他的心力在"漫长的无家可归的流浪岁月中业已消耗殆尽"。正如在其自传体著作《昨日的世界》中所言,作为奥地利人、犹太人、作家、人道主义者和和平主义者,茨威格的一生经历了两次世界大战,革命、饥馑、货币贬值、恐怖统治、流行时疫和政治流亡伴随其一生,而一战前那个存在过"黄金时代"的欧洲已经一去不复返了。茨威格始终认为个人的自由是世上最宝贵的财富,他也因此成了二十世纪知识分子逃避独裁统治的象征。但茨威格的无力恰恰也在于,他只能诉诸笔端,透过文字直抒胸臆,却没办法给世人和自己指明一个美好的未来、一条走出困境的活路。

1881年11月28日,斯蒂芬·茨威格出生于奥匈帝国首都维也纳一个富有的犹太家庭。茨威格的少年时代是十九世纪自由资本主义的黄金时代，维也纳依然是魅力无穷的世界性大都市。艺术家、文学家相聚在咖啡馆里，谈古论今，追求诗意的世界。教育在中产阶级的精英们眼里是头等的财富，尤其在弥漫着世纪末颓废氛围的维也纳。人们满怀热忱推崇所有法国化的东西，而茨威格的心里却明显烙上了世纪末颓废的痕迹。就读高中期间，茨威格便时常出没在维也纳众多的咖啡馆里。1899年高中毕业，茨威格如愿进入大学，这不仅符合家庭的意愿，也符合他的期待。他逃脱了家庭的羁绊，一个人搬到外面去住，后来在柏林也是如此。在大学求学期间，他心猿意马地听课，将尽量少的时间花在学业上。他更喜欢去旅行。他去了法国，在比利时认识了他的偶像和良师益友艾米尔·维尔哈仑。

1904年，他以法国文艺理论家、史学家伊波利特·丹纳的哲学为题顺利通过博士论文答辩。顺便说一句，因为有傅雷先生出神入化的译笔，丹纳的传世名作《艺术哲学》一度在中国颇有影响力。茨威格获得博士学位仅仅是为了满足父母的心愿，他在大学里将主要精力放在了文学创作上，始终为建立一个作家的生活而奋斗，十六岁开始在杂志上发表诗歌，二十岁出版第一本诗集《银弦集》，二十五岁出版第二部诗集《早年的花环》，二十六岁出版第一部诗剧《特西特斯》，这些都为他赢得了诗人的声望。与此同时，他开始偏爱创作中篇小说，二十三岁出版第一部中篇《艾利卡·埃瓦尔德之恋》。茨威格将谨慎的心理阐释与引人入胜的叙事能力和出色的文体风格糅合在一起。除创作小说和随笔之外，他还作为新闻记者任职于维也纳《新自由报》副刊。他翻译法国象征派抒情诗人魏尔伦、波德莱尔的作品，1910年，茨威格出版《艾米尔·维尔哈仑》专著，介绍比利时诗人维尔哈仑及其诗歌作品，奠定了其翻译家的美名。借助于新闻记者的工作，茨威格和众多的作家、艺术家建立了联系，并有机会到美洲和非洲旅行。他将自己的犹太身份视为渐渐成长为一名世界主义者的基础，在这段时间里，他和众多重要的知识分子建立了长期的书信往来，并成了名副其实的名人手稿收藏家。以《荒原狼》名世的德国作家、诺贝尔文学奖得主赫尔曼·黑塞因此将茨威格称为"友谊大师"。

在《昨日的世界》中，茨威格描述了第一次世界大战爆发时自己身处的世界："我暂时还没有服役的义务，因为我所有的兵役检查都不合格……另一方面作为一个相对年轻的人，在那个时代，一直等着别人把他从暗处挖出来，再把他扔到一个不该他去的地方，这又是叫人难以忍受的。所以我到处寻找自己多少能够胜任的但又不是煽动性的工作。而在我的朋友中就有一位高级军官，他在军事档案馆任职，这就使我有可能被安排到他那里去……"

1917 年，茨威格先是被准予请假，后来完全获得了自由，随即搬到了中立的瑞士苏黎世，作为新闻记者为报刊写稿，发表与党派政治和强权政治利益完全不相干的人道主义见解。同年，他取材于《圣经·旧约》的戏剧《耶利米》出版，这是茨威格的首部反战作品。在该剧中，茨威格把被战胜者的观点作为重点，并且发现了道德的力量，这种道德的力量和无望的战斗一起为人类的美好梦想发出信号。他创作的一系列人物传记不断地深入探讨这一主题。

一战结束后，茨威格回到了奥地利，在萨尔斯堡待了十四年。1920年1月，和弗里德里克·温特尼茨相识多年之后，两人喜结良缘。茨威格府上门庭若市、群贤毕至，德国作家托马斯·曼、爱尔兰作家詹姆斯·乔伊斯、德国作曲家理查德·施特劳斯都曾是他的座上宾……

茨威格猛烈抨击民族主义和复仇主义，鼓吹欧洲精神统一的理念。茨威格在国际上享有的巨大声誉使他在二十世纪二十年代成为全世界被译介最多的作家之一。二十世纪三十年代初，茨威格的某些论述说明了他当时其实并未意识到甚嚣尘上的法西斯主义威胁。在1932年1月15日致罗曼·罗兰的信中，茨威格写道，他"并不害怕希特勒的追随者，即便他们上台执政……两个月之后他们就会自相残杀"。可令他始料未及的是，1933年希特勒在德国实施独裁统治后，其影响很快波及奥地利犹太人。茨威格的著作无法再在德国莱比锡出版社出版，而只能转移至奥地利维也纳出版。但茨威格并没有中断和德国的联系。

1934年2月18日，在奥地利社会民主工人党发动二月起义后没几日，奥地利亲德分子和纳粹分子以茨威格家中藏有该党准军事组织"共和防御联盟"的武器为由，对茨威格住宅进行搜查，茨威格虽注意到搜查只是做做样子，但还是惶惶不可终日，两日后他乘坐火车流亡英伦。自从独自逃离萨尔茨堡之后，他和妻子处于不完全分居状态，并最终于1938年11月在伦敦离婚。

茨威格始终没有旗帜鲜明地反对纳粹的态度，遭到了当时一些作家同行的指责，但他仍坚持认为作家不应有明确的政治立场。1937年6月21日，在国际笔会代表大会上的一次演讲中，茨威格指出，不论政治关系恶化到何种程度，诗人的正直是不可触摸的，必须完好无损地保留下来。

1939年，茨威格和比自己小十七岁的女友兼秘书夏洛特·阿尔特曼缔结第二段婚姻，他们俩在犹豫再三之后于1940年3月加入英国国籍。但茨威格和前妻一直保持书信往来，也曾有过几次会面，最后一次见面是1941年在美国纽约。1938年3月，纳粹吞并奥地利后，茨威格的德语著作在瑞士出版，他依然是当时读者最多的作家之一。

1939年9月26日，在伦敦戈德斯格林殡仪馆，茨威格在弗洛伊德的葬礼上向他的朋友弗洛伊德发表告别演说。不久后,茨威格夫妇坐船前往美国,在纽约度过1941年的夏天之后,接着启程前往目的地巴西。但即便到了巴西,丧失了祖国,没有了母语的氛围,茨威格依然发觉自己是一个漂泊的异乡人。

我们无法选择历史,1941年纳粹取消了茨威格的博士学位;历史也没选择遗忘,事隔六十多年后,2003年4月10日,维也纳大学宣布纳粹分子的决定无效。1952年,在茨威格逝世十周年之际,托马斯·曼撰文论及茨威格的和平主义主张:"他极端而无条件的和平主义曾折磨过我很长一段时间。只要他最讨厌的战争可以避免,他似乎愿意容忍邪恶的统治。这个问题是无解的。可自从我们获悉,即便是善意的战争也只能带来邪恶之后,我对他当时的观点有了不同的思考——或者说我试图做出不同的思考。"1954年,托马斯·曼声称茨威格是一个喜欢自我表现的人,茨威格先前的朋友本诺·盖格尔也曾附和托马斯·曼的说法。但奥地利文艺评论家乌尔里希·魏因策埃尔在2015年9月出版的专著《茨威格火烧火燎的秘密》中，则对他们的说法持保留意见。

悲剧、戏剧、抑郁和放弃，似乎可以用来描述茨威格文学作品的四大特征。茨威格几乎所有的作品都是以悲剧性的放弃告终——无论是出于外部原因还是内部原因，主人公无法获得自己的幸福。看似唾手可得的幸福，终究以悲剧收场。

1942年9月，《象棋的故事》的葡萄牙语译本率先在巴西里约热内卢出版。同年12月，其德文译本在阿根廷布宜诺斯艾利斯首次出版，限量发行三百册。在欧洲，该书于二战期间的1943年春天由戈特弗里德·贝曼·菲舍尔在瑞典斯德哥尔摩的流亡出版社出版。其英译本于1944年在美国纽约第一次出版。在德意志联邦共和国，该书自1959年由菲舍尔出版社出版以来，始终畅销不衰。

《象棋的故事》属于世界文学经典，已被翻译成多种语言，被视为德语世界之外的学校读物。

历史学家罗曼·桑德格鲁伯将维也纳犹太银行家纳撒尼尔·冯·罗斯柴尔德视为这部《象棋的故事》的历史原型。从 1938 年 3 月起，罗斯柴尔德被盖世太保单独监禁在大都会饭店十四个月。

1960 年，《象棋的故事》被德国导演盖特·奥斯瓦尔德首次拍成电影，五十多年后，由菲利普·斯特茨执导的同名电影在 2021 年秋季公映。2012 年，西班牙当代作曲家克里斯托瓦尔·哈尔夫特为德国基尔歌剧院创作了《象棋的故事》歌剧，其歌剧脚本由沃尔夫冈·亨德勒尔撰写，该歌剧在 2023 年 5 月 18 日在基尔成功首演。

沈锡良
2024 年 1 月 22 日于上海

象棋的故事

作者 _ [奥] 斯蒂芬·茨威格　　译者 _ 沈锡良

编辑 _ 周娇　　封面设计 _ 尚燕平　　内文设计 _ 文薇
主管 _ 李佳婕　　技术编辑 _ 顾逸飞　　责任印制 _ 杨景依　　出品人 _ 许文婷

营销团队 _ 王维思 谢蕴琦　　物料设计 _ 文薇

鸣谢

埃尔克·雷德（Elke Rehder）

果麦
www.goldmye.com

以 微 小 的 力 量 推 动 文 明

图书在版编目（CIP）数据

象棋的故事 /（奥）斯蒂芬·茨威格著；沈锡良译. -- 南京：江苏凤凰文艺出版社，2024.4（2025.8重印）
ISBN 978-7-5594-8591-5

Ⅰ.①象… Ⅱ.①斯… ②沈… Ⅲ.①中篇小说 - 奥地利 - 现代 Ⅳ.① I521.45

中国国家版本馆 CIP 数据核字 (2024) 第 076263 号

象棋的故事

［奥］斯蒂芬·茨威格 著　沈锡良 译

出 版 人	张在健
责任编辑	白　涵
特约编辑	周　娇
出版发行	江苏凤凰文艺出版社
	南京市中央路 165 号，邮编：210009
网　　址	http://www.jswenyi.com
印　　刷	天津丰富彩艺印刷有限公司
开　　本	787 毫米 × 1092 毫米　1/32
印　　张	4.25
字　　数	51 千字
版　　次	2024 年 4 月第 1 版
印　　次	2025 年 8 月第 5 次印刷
印　　数	20,001 — 25,000
书　　号	ISBN 978-7-5594-8591-5
定　　价	39.80 元

江苏凤凰文艺版图书凡印刷、装订错误，可向出版社调换，联系电话：025-8328025